Kontaktadresse nach EU-Produktsicherheitsverordnung:
produktsicherheit@fischerverlage.de

Alen hat alles: einen Job an der Tür des angesagtesten Clubs in Bielefeld, Kumpel, die in jeder Situation zu ihm halten, und ein Mädchen, Flo. Zugleich hat er nichts, keinen Plan, keine Zukunft. Er hängt zwischen den Welten, Deutschland und Armenien. Nacht und Tag, Vergangenheit und Gegenwart. Als sein Cousin ihn hintergeht, die Gewalt eskaliert und Flo die Stadt verlässt, bleibt Alen zurück als Zombie, als Schattenwesen. Er ruft seinen Onkel an, der ihm von einem Schatz erzählt hatte, der in der alten Heimat vergraben liege. Und Alen macht sich auf den Weg.

»Nuran David Calis erzählt in schnellen, hart geschnittenen, wie von hämmernden HipHop-Beats gepeitschten Szenen. Calis inszeniert mit dem Herzen eines Boxers: hart, aber immer mit emotionaler Durchschlagkraft.«

Christine Dössel, Süddeutsche Zeitung

Nuran David Calis wurde 1976 als Sohn armenisch-jüdischer Einwanderer aus der Türkei in Bielefeld geboren. Er arbeitete als Türsteher, studierte Regie an der Otto-Falkenberg-Schule in München und produzierte Musikclips für HipHop-Bands. Er arbeitet als Regisseur, Theater- und Drehbuchautor. Für seine Werke und Inszenierungen wurde er mit zahlreichen Preisen ausgezeichnet, unter anderem 2006 mit dem Bayerischen Kunstförderpreis in der Sparte Literatur. Nuran David Calis lebt in München.

NURAN DAVID CALIS

DER
MOND
IST
UNSERE
SONNE

Roman

S. FISCHER

»Der Mond ist unsere Sonne« ist ein Songtitel
von Jan Delay und Moonbootica.
Wir danken den Künstlern für die freundliche Erlaubnis,
den Titel nutzen zu dürfen.

2. Auflage

© 2024 S. Fischer Verlag GmbH,
Hedderichstr. 114, 60596 Frankfurt am Main
Die Nutzung unserer Werke für Text- und
Data-Mining im Sinne von § 44b UrhG
behalten wir uns explizit vor.
Printed in Germany
ISBN 978-3-596-37068-9

Für Geraldine Laprell

INTRO Heimat also. Ich sitze auf einem Felsvorsprung. 3 500 Meter über dem Meeresspiegel. Der Wind weht. Die Sonne senkt sich langsam. Der Himmel färbt sich blau, violett, gelb, orange. »Siehst du es, das sind die Farben unserer Flagge«, sagt mein Onkel. Vor mir erhebt sich ein Berg. Neben ihm ein zweiter, kleiner. Der große Gipfel ist von Schnee bedeckt, der kleine nicht. »Der Große, der Weiße, das ist der Ararat. Das ist der Berg unseres Volkes. Hier ist die Arche Noah nach der großen Flut gestrandet. Auf den Gipfeln des Araratgebirges. Aber heute liegen diese Berge nicht mehr in unserem Land.«

Berge gehören niemandem, egal welche Grenze man um sie zieht, denke ich.

»Schau, ganz langsam erhebt sich der Berg aus der flachen Ebene. Mit welcher Ruhe, mit welcher Kraft er in die Höhe steigt. Der Berg hat sich in den Kopf gesetzt, den Himmel zu berühren.«

Ich schaue in die Ferne und sehe diesen Berg. Mein Onkel hat mir davon erzählt. Und von unserem Volk. Von unserer Heimat. Unserer Familie. Seit Tagen sind wir unterwegs, und jetzt sitzen wir hier. Knapp 5 000 Kilometer entfernt von dem Ort, an dem ich geboren wurde.

Den Himmel berühren, denke ich, will das nicht jeder, egal, wer man ist, woher man kommt?

Und nun bin ich hier, in den Halbhöhen des südlichen Kaukasus. Wenn ich meinen Kopf nach rechts drehe, kann ich von hier aus die Grenzsoldaten des Iran sehen, und wenn ich nach links rüberschaue, sehe ich die Grenze von Aserbaidschan. Mit »Welcome home, Sir« begrüßte man mich am Flughafen von Eriwan auf Englisch, nicht auf Armenisch, und mit einem Lächeln. Ich wusste nicht, wie ich darauf antworten sollte, vor allem nicht, in welcher Sprache. Ich schaute höflich und nickte. Das Flughafengebäude ist ein achteckiger Betonklotz. Als ich in der Mitte der Halle stand, konnte ich den gesamten Innenraum überblicken. Fenster habe ich keine gesehen. Es gab nur eine Handvoll Läden um mich herum. Nur ein kleiner Laden hatte geöffnet. »24 H OPEN« stand auf einem Schild vor diesem Laden. Handgeschrieben. Auch auf Englisch. Es war ein Sandwich-Laden. In dem Sandwich-Laden gab es Kaffee und ein paar internationale Süßigkeiten. Eine junge, dunkelhaarige Frau arbeitete dort, sie schien müde und verlagerte ihr Gewicht mal auf das eine Bein und mal auf das andere. Das kannte ich von mir, auch ich tat das oft, wenn ich nachts an der Tür im »Glashaus« schläfrig wurde. Sie streifte sich mit der Hand über den Nacken. Wach wollte sie bleiben, um jeden Preis. Sie hatte nichts zu tun, niemand kaufte bei ihr ein. Das hätte sie wenigstens wach gehalten, dachte ich. Aber so wird jede Sekunde zur Stunde. Die Theke quoll über, Fliegen umkreisten die frischen Waren. Sie gab sich keine Mühe, sie zu verscheuchen. Das hätte sie auch wach gehalten, dachte ich. Ich begann immer, den Eingangsbereich zu säubern. Zigarettenstummel, gebrauchte Taschentücher landeten im Müll. Rechts von ihrer Theke standen drei Männer, die ihre belegten Brote auspackten. Die Kaffeemaschine blinkte. Ich wäre gerne rübergegangen und hätte mir einen Kaffee geholt, das hätte sie und mich wach gehalten, dachte ich und musste schmunzeln. Fast musste ich lachen. Wie lange war das her, dass ich plötzlich lachen musste, dachte ich in diesem Moment. Es fiel mir nicht ein. Aber ich tat es nicht. Ich ging nicht rüber zu ihr. In welcher Sprache hätte ich mich mit ihr unterhalten sollen? Armenisch konnte ich nicht, nur Deutsch, etwas Englisch und Türkisch. Türkisch mit ihr zu sprechen, erschien mir unpassend, und ich wusste nicht, ob sie Englisch sprach. Um dies rauszubekommen, hätte ich einen klareren Kopf gebraucht, aber den hatte ich nicht nach dem langen Flug. Also blickte ich mich weiter um und sah einen Duty-free-Shop, den ich zunächst nicht bemerkt hatte, weil er so klein war. So ein Laden würde bei uns noch nicht mal als kleiner Kiosk durchgehen, so klein war er. Der Eingang war fast versperrt durch ein Gestell mit Ray-Ban-Brillen, Hunderte von Ray-Ban-Brillen. Ob sie echt waren oder gefälscht, konnte ich nicht erkennen. Über den Brillen war ein großes Preisschild angebracht, sie kosteten ein Drittel weniger als bei uns. Bestimmt Fälschungen, dachte ich. Aber auch in dem Shop waren keine Kunden. Ich dachte daran, einige Sonnenbrillen mitzunehmen für meine Freunde, die hätten Original und Fälschung nicht auseinanderhalten können. Ich würde ihr Held sein. Aber mein Onkel gab mir einen kleinen Stoß, ich solle weitergehen, wir seien nicht hier um einzukaufen. Der Flughafen wirkte wie die Sporthalle einer ganz kleinen Kreisstadt. Die Grenzpolizisten hatten viel zu große Uniformmützen auf. Erschöpft sahen sie aus. Es war vier Uhr morgens, als wir landeten. Überall dieses grelle, bläuliche Neonlicht, wie in einem Hallenbad. Kacheln und PVC. Das ganze Ambiente glich mehr einer Leichenhalle als einem Flughafen. Als wir rauskamen, haute mich die Hitze um. Wie ein Faustschlag. Um vier Uhr morgens betrug die Außentemperatur immer noch über dreißig Grad. Am liebsten wäre ich in die nächste Maschine eingestiegen und zurückgeflogen. Aber das ging nicht.

Und jetzt sitze ich hier und schaue mir den Sonnenuntergang an, den ich nicht sehen will. In der Färbung des Himmels will ich die Farben der Flagge nicht erkennen. Ich spüre nichts. Keine Heimatgefühle. Keine Wärme. Kein Kribbeln im Bauch.

Wenn ich auf dem Johannisberg in Bielefeld sitze und hinunterschaue, färbt sich der Himmel auch blau, violett, orange, gelb. Hier wie da, es ist überall dasselbe, nichts ist anders. Seit Tagen bekomme ich das Essen nicht mehr runter. Ich will nichts trinken. Ich will nichts mehr essen. Erst sind wir Taxi gefahren, dann haben wir den Bus genommen, dann sind wir zu Fuß weiter und per Anhalter. Die letzte Stadt ist Kilometer weit entfernt. Seit die Hauptstadt hinter uns liegt, habe ich Durchfall. Mein Onkel ignoriert das. Er sagt, das sei ein Prozess der Selbstreinigung, den ich durchmachen müsse. Es sei so eine Art psychische und physische Katharsis. Es gehe kein Weg daran vorbei. Dann erst würde mein Körper diese Umgebung annehmen und ich könnte ein Teil dieses Landes werden. Alles, was ich in diesem Moment will, ist ein Hamburger. Aber das sage ich meinem Onkel nicht. Ich will ihn nicht vor den Kopf stoßen mit meinen Bedürfnissen. Es gibt einen Grund dafür, warum ich hier bin, mit ihm. Ich wollte es so. Ich habe ihn angerufen.

Hier am Länderdreieck bin ich jetzt. Ich stehe auf und nehme den Deckel der Urne ab. Ich schütte die Asche meines Vaters den Abhang hinunter. Der Wind verstreut die Rußteilchen auf die Sträucher und Büsche. Als die Asche auf die Erde fällt, unterscheidet sie sich nicht mehr von dem Gestein, das mich umgibt.

Mein Vater ist zu Hause angekommen. Aber ich gehöre nicht hierher. Es ist ja nicht so, dass ich es nicht versucht hätte. Ich stehe ja hier. Zusammen mit meinem Onkel habe ich mich auf den Weg gemacht. Jetzt bin ich in der »Heimat«, doch ich denke die ganze Zeit zurück. An einen Ort, der 5000 Kilometer entfernt ist. In westlicher Richtung. Der Ort, an dem für mich alles anfing. Für mich, nicht für meine Familie. Aber wie erzähle ich das jetzt meinem Onkel? Meinem Onkel, dem ich gefolgt bin. In jener Nacht noch, bei Sonnenaufgang, habe ich ihn angerufen. Er war sofort am Telefon. Als hätte er nicht geschlafen, sondern auf meinen Anruf gewartet. Er klang hellwach. Ich nicht. Er wusste, dass ich anrufen würde. Ich wusste es bis zu dem Zeitpunkt nicht, bis zu dem Moment, als ich nach dem Handy griff und seine Nummer tippte. Ich kann mich kaum an das Gespräch erinnern. Ich habe nicht einmal das Licht eingeschaltet. Es dämmerte schon. Das weiß ich noch. Es war Sommer. Ich schnappte mir ein paar Klamotten, stopfte sie in eine Sporttasche und ging.

In jener Nacht meiner Abfahrt konnte ich mich von meiner Mutter nicht verabschieden. Sie wusste von gar nichts. Sie wusste nicht, dass ich meinen Onkel, ihren jüngeren Bruder, traf. Niemand in der Familie wusste es. In dieser Nacht schlief sie tief und fest. Ich ließ sie schlafen, sie hätte mich nicht verstanden. Sie hätte sich Sorgen gemacht, wie immer, nur Sorgen. Keine Fragen, nur Sorgen, wie immer, wenn sie nicht verstand, warum ich dieses oder jenes tat.

Und jetzt bin ich hier am Fuße des Kaukasus. Um die Urne meines Vater auszuschütten. Das Grab meines Vaters habe ich geplündert, während mein Onkel Schmiere stand. Wir sind niemandem aufgefallen, und niemand ist uns aufgefallen. Der Friedhof in Senne ist groß und weitläufig. Viele Tannen, Pinien, und der Boden besteht aus Sand. Man kann sich dort sehr leise bewegen. Mein Vater wollte immer verbrannt werden. Obwohl er orthodoxer Christ war. Er wollte nur vorübergehend dort in der Erde liegen, sein eigentlicher Wunsch war, dass man ihn im Kaukasus verstreut. Keinem auf dem Friedhof wird auffallen, dass er weg ist. Das Grab wurde kaum gepflegt, weil wir kein Geld hatten, um es richtig pflegen zu lassen. Das Grab lag in einem sehr verwinkelten Eck, irgendwo am Rand des Friedhofs. Ein schwer zugänglicher Bereich. Ich hatte mir eine Karte gezeichnet, um sein Grab wiederzufinden. Zum Haupteingang rein, 400 Meter geradeaus, dann am Rosenstrauch rechts rein, 200 Meter geradeaus, vorbei am Wasserhahn. Dann scharf links, das achte Grab, Nummer 1138. Ein Stück Holz, darauf diese Nummer mit wasserfestem Edding geschrieben. Das war sein Grab. Noch nicht mal einen Grabstein hatte er, zunächst hatten wir auch dafür kein Geld. Als ich nach einiger Zeit Geld zusammengespart hatte, durch meine Arbeit in den Nächten, hatte ich keine Lust mehr, ihm einen Granitstein aufzulegen. Ich wollte die Grabstelle meines Vaters nicht mehr versiegeln. Ich wollte ihn nicht noch einmal und definitiv beerdigen, ich wollte mich nicht um seine letzte Ruhe kümmern. Es war mir egal, dass er sich hatte einäschern lassen. Ich wollte ihn auch nicht rückführen. Ich habe ihn gehasst für das, was er mir und meiner Mutter angetan hat. Für dieses Leben, in dem er uns zurückgelassen hat.

Bis mein Onkel kam. Bis dahin hatte mir nie jemand irgendwelche Fragen gestellt. Ich selber hatte mir keine Fragen gestellt. So brauchte ich auch keine Fragen zu beantworten. Bis mein Onkel kam und ich ihm, zusammen mit der Asche meines Vaters, hierher gefolgt bin. Ich habe die Urne in Bielefeld ausgegraben und die Asche in einer Kaffeedose über die Grenzen, am Zoll vorbei, hierhergebracht. Heimlich. Kein Mensch hat etwas gemerkt. Nur mein Onkel wusste Bescheid. Hat mir geholfen. Seine Heimat sei auch meine Heimat, hat mir mein Onkel gesagt. Und jetzt? Ich will zurück. Dankbar bin ich meinem Onkel, dankbar, dass er mir geholfen hat, diese Antwort zu finden.

»Und ...?«, fragt mein Onkel. »Hast du dir das alles so vorgestellt?«

Ich nicke. »Ja«, antworte ich.

»Und?«, fragt er mich. »Weißt du jetzt, wie es für dich weitergeht?«

»Ja. Ich muss zurück.«

Diesmal antwortet mein Onkel mir nicht. Er nickt nur, er, der immer redet, antwortet mir nicht, er nickt und setzt sich zu mir auf den Fels.

Ich werde zurückkehren und Anschluss finden. Ich werde mich einnisten wie ein Parasit. In einer Gesellschaft, die ich mir nicht aussuchen konnte. Ich werde ein Held sein, wenn man in mir einen Helden sehen will. Ein Vorbild, wenn es sein muss. Ein abschreckendes Wesen, wenn es sein muss. Ich werde der Teufel sein, wenn sie in mir den Teufel sehen wollen. Ich werde spalten, ich werde zusammenführen. Ich werde Grenzen überwinden und Grenzen ziehen. Ich werde ein guter Junge sein, ich werde ein schlechter Junge sein. Ich werde meinen Namen, mein Geburtsdatum ändern, um dem Bild zu genügen, das man von mir haben möchte. Ich werde nicht ohne Grabstein und zu Asche verbrannt unter der Erde liegen. In einer Erde, in der ich nicht liegen will. Ich will nicht darauf hoffen, dass mich jemand dorthin bringt, wohin ich eigentlich gehöre. Ich will an dem Ort sein, an den ich mich sehne. Ich will nicht auf einem Berg verstreut werden. Von einem Sohn, der dort nicht zu Hause ist. Ich werde keine Kinder und keine Frau hinterlassen, die nicht das Geld haben, mein Grab zu pflegen und mir einen Grabstein aufzustellen. Ich will meine Familie und meine Freunde nicht in Trauer und Wut über mich zurücklassen. Nur, weil ich arbeitslos geworden bin und das Trinken angefangen habe. Ich werde anders sein. Ich werde ein Teil dieser Gesellschaft sein. So, wie sie mich haben will. Ich will irritieren, wenn die Leute es so wollen, ich will verstören, wenn die Leute es so wollen. Ich werde das sein, was die anderen in mir sehen möchten. Ich werde nichts sein, ich werde alles sein. Ich werde mich verbiegen, wenn es sein muss. Ich werde gegen den Strom schwimmen, wenn es sein muss. Unkaputtbar werde ich sein oder zerbrechlich. Je nachdem, was die anderen von mir erwarten. Ich werde wissen, wer ich bin, ich werde alles leugnen. Ich werde meinen Verstand verlieren oder ihn finden. Ich werde mich durchschlagen, ich werde mich durchschleimen, ich werde ein Kragenhemd tragen, darüber einen V-Pullover, und nur der Goldring meines Vaters soll die Leute daran erinnern, woher ich eigentlich wirklich kommen könnte. Alle sollen sich an mir reiben oder auch nicht. Ich werde der Underdog sein, der Männchen macht. Ich werde das Migrations-Wunderkind spielen, so gut ich kann. Ich werde zurück zu Flo gehen. Die mich in der Nacht an der Bushaltestelle hat stehenlassen und einfach weggefahren ist. Bevor ich Stunden später meinen Onkel angerufen habe. Ich bin weg. Aber ich werde zurückkommen, und ich werde Flo folgen, denn dort will ich sein. So, wie sie es wollte. Ein eigenes Leben. Ich werde mich von meinem früheren Leben lossagen, von allem entfernen. Meiner Familie. Meiner Mutter. Meinen Freunden. Baumheide. Ich werde so tief in dem anderen aufgehen, dass meine Familie denkt, ich wäre auf dem Planeten Mars. Ich werde Freunde und Freundinnen wechseln wie Unterhosen. Ich werde mich häuten. Ich werde mir die Haut abziehen, wenn sie sich nicht von alleine lösen will. Niemand wird wissen, wer ich wirklich bin. Noch nicht mal mehr ich selber. Meine Mutter wird mich nicht verstehen. Ich werde sie nicht mehr verstehen. Meine Freunde werden mich nicht mehr verstehen. Ich werde sie nicht mehr verstehen. Dafür werde ich ankommen. Dann werde ich endlich dabei sein und dazugehören. Nicht am Rand sein. Nicht mehr außen vor sein. Nicht wie der Typ neben mir. Der auf seiner Heimat-Scheiße hängengeblieben ist. Der Typ neben mir ist meine eigene Spiegelung. In zwanzig Jahren hänge ich genauso wie er auf diesem Trip, wenn ich jetzt nicht die Kurve kratze. Das Ganze hier ist eine Warnung. Achtung: Es fehlt nicht viel, und mein Onkel wird zitternd im Krankenhaus liegen, sich in die Hosen pissen und weiter von der scheiß Heimat träumen. Ich will kein Opfer sein, ich will Täter sein. Nein. Während andere träumen, will ich leben. So wie er werde ich nicht enden. Flo wird sich freuen. Ich werde zu ihr ziehen und alles tun, was sie von mir erwartet. Die Schule beenden, ein Studium absolvieren, Arbeit finden, etwas Künstlerisches, wir werden heiraten, Kinder haben, sie werden Namen wie Hans und Otto, Sandra und Anke bekommen. Ich werde ihren Nachnamen annehmen. Ich will nicht lieben. Ich will keine Sehnsucht. Ich will meine Mutter nicht lieben, meine Herkunft, meine Heimat. Ich will Flo nicht lieben. Nicht Marcel. Nicht Karim. Ich will durchkommen. Ich will die Erwartungen erfüllen. Ich will überleben. Über den Schatten springen. Den Mann neben mir kenne ich nicht, diesen Mann gibt es nicht, dieser Mann ist nicht da, ich bin ganz allein hier. Hier bin nur ich. Das bin ich. Das ist ein Schatten.

Mein Onkel legt seine Hand auf meine Schulter. Ich schrecke auf. Ein Songtext ist in meinem Kopf.

ES IST EIN AUGENBLICK
DER DIR DAS LEBEN NIMMT
UND ES IST GANZ EGAL
OB WIR BEIDE DAGEGEN SIND

Ich kann damit nichts anfangen. Wo habe ich den Song zum ersten Mal gehört? Im Glashaus? Um drei Uhr morgens? Und wann zuletzt? Bei Flo? An meinem Geburtstag? Mein neunzehnter, es war bei Flo, bei ihr zu Hause, ein Freitag, wenige Stunden, bevor die Schicht begann. Wie bin ich hierhergekommen? Wo bin ich? Seit wann bin ich hier? Seit wann bin ich unterwegs? Eine Woche? Einen Monat? Ein Jahr?

Ich verliere diese Gedanken. Ich blicke mich um, und ich weiß ganz genau, wie ich hierhergekommen bin. Ich weiß, was passiert ist. Dunkel ist es geworden am Himmel. Hier am Dreiländereck zwischen Armenien, Iran und Aserbaidschan. Die Sterne beginnen zu leuchten. Ich habe Hunger. So großen Hunger, aber das nächste Dorf ist vier Kilometer weit weg. Der nächste gute Hamburger 5 000 Kilometer. Meinen Onkel frage ich nicht, ob er Hunger hat. Ich bemerke, wie die Kälte in meine Knochen einzieht. Ich beginne zu zittern und klopfe mir auf die Oberschenkel, ohne dass mein Onkel es sieht. Am Himmel geht der Mond auf. Vollmond. Der Blick meines Onkels wendet sich dem aufgehenden Mond entgegen. Ich wende meinen Kopf der anderen Seite zu. Ich sehe, dass die

Sonne weitergewandert ist in Richtung Westen. Ich hasse den Mond, denke ich. Das war einmal anders. Eine Zeitlang war der Mond meine Sonne.

1 Mein Name ist Alen. Wie Alain. Wie der berühmte französische Schauspieler, der immer noch lebt, aber keine Filme mehr macht. Nur noch in zweitklassigen französischen Zweiteilern auftritt. In einer Asterix-und-Obelix-Verfilmung einen debilen Caesar spielt. Er war mit Romy Schneider zusammen, hat sie aber verlassen wegen einer anderen. Wie kann man so eine Frau verlassen? Wegen einer anderen! Mein Vater liebte den Film »Der eiskalte Engel« von Jean-Pierre Melville, Alain Delon in der Rolle des eiskalten Killers. Meine Mutter war dagegen, sie wollte nicht, dass ich nach einem Killer benannt werde. Sie sagte, Murat sei doch ein schöner Name. Das aber trieb meinen Vater auf die Palme, das ginge auf keinen Fall, unser Sohn dürfe keinen türkischen Namen tragen, nicht einen Namen derjenigen, die 1,5 Millionen von uns auf dem Gewissen haben, das seien ja wirkliche Killer gewesen, und Alain Delon würde ja nur einen Killer spielen. Daraufhin erwiderte meine Mutter, dass einer ihrer Neffen Hermann heiße und niemand in ihrer ganzen Familie einen Aufstand gemacht habe, obwohl diejenigen, die Hermann heißen, 6 Millionen ihrer Leute umgebracht haben. So in etwa lief es immer, wenn es etwas Wichtiges zu entscheiden gab, in unserer Familie, in der die Mama Jüdin ist und der Papa Armenier. Um ihren Standpunkt durchzusetzen, schenkten sich beide Seiten nichts im Aufwiegen der Schandtaten, die an ihrem Volk begangen wurden. Wie sollte man unter diesen Umständen normal aufwachsen? Beide Seiten einigten sich darauf, mich Alen, mit e, zu nennen. Und obwohl es diesen Namen so nicht gab, haben es meine Eltern geschafft, ihn durchzusetzen, irgendwie, wahrscheinlich, weil sie dem Beamten ordentlich auf die Nerven gegangen sind. Verständlich, dass der Beamte aufgegeben hat, Ausländer können einem richtig auf den Sack gehen, vor allem meine Eltern. Ich spreche aus Erfahrung.

GO, GO, GO, GO
GO, GO, GO, SHAWTY
IT'S YOUR BIRTHDAY
WE GON' PARTY LIKE IT'S YOUR BIRTHDAY
WE GON' SIP BACARDI LIKE IT'S YOUR BIRTHDAY
AND YOU KNOW WE DON'T GIVE A FUCK
IT'S NOT YOUR BIRTHDAY!

Es war mein neunzehnter Geburtstag, und ich lag in Flos Armen, im Haus ihrer Eltern. Das neben dem Bodelschwingh-Gymnasium in Bethel steht.

Bethel ist eine Stadt in der Stadt. Die haben eine eigene Polizei, eine eigene Müllabfuhr, Kindergarten, zwei Bibliotheken, eine Grundschule, Krankenhaus, Banken, Geschäfte und sogar ein eigenes Amt, so dass sie eigentlich gar nicht mehr ins Stadtzentrum müssen. Es ist alles sehr edel und aufgeräumt, alte Backsteinhäuser und kein Graffiti. Bethel ist so was wie das Beverly Hills von Bielefeld.

Der Stadtteil, aus dem ich komme, heißt: Baumheide. Baumheide ist so was wie das South Central von Bielefeld. Oder das Harlem der Siebziger in New York oder das Afghanistan des heutigen Asiens. Baumheide ist eine Plattenbausiedlung im Nordosten von Bielefeld. Dort gibt es gar nichts: keine Polizei, keine Schule, keine Geschäfte, keinen Kindergarten, kein Jugendzentrum, keine Bibliothek, nur Aldi und Marktkauf. Und viel Graffiti. An jeder Hauswand und jeder Betonmauer.

Auf der Hauptstraße, die vom Stadtzentrum hierher und weiter nach Herford führt, gibt es noch nicht mal eine Ampel, um die Straße zu überqueren. Im letzten Jahr sind dreizehn Baumheider überfahren worden von LKWs, die von der A2 runterkamen.

Es gibt hier nur eine Straßenbahnlinie. Die Linie 2. Sie fährt eigentlich noch zwei Haltestellen weiter: Endstation ist Milse. Ein Dorf am alleräußersten Rand der Stadt. Es gibt zwei Buslinien. Die Linie 25 und 33. Die Linie 25 fährt einmal die Stunde. Die Linie 33 fährt zweimal die Stunde. Keine von beiden fährt auf direktem Weg in den Stadtkern. Beide machen Umwege. Eigentlich sind es von Baumheide ins Zentrum nur fünf Kilometer, aber der Bus fährt zwölf Kilometer. Es dauert eine Ewigkeit, wenn man in die Stadt will. Im Schnitt fünfzig Minuten. Ab 23 Uhr wird der gesamte Betrieb eingestellt. Dann ist Schluss.

Bethel liegt dagegen fast im Herzen der Stadt, hat drei Buslinien, zwei Taxistände und eine Straßenbahnverbindung bis 1 Uhr nachts, anschließend einen Nachtbus bis in den Morgen, sogar an Werktagen.

Der schöne Teutoburger Wald umschließt Bielefeld, und darin eingebettet liegt der Stadtteil Bethel. Von Bethel aus kann man die Sparrenburg sehen, eine alte Burg mit allem, was dazugehört, Folterkeller, Ritter-tam-tam, ein 150 Meter tiefer Wasserbrunnen, in den wir als Schüler Fackeln hineinwerfen durften, um die Tiefe des Schachts auszuleuchten, und Schießlöcher, viele Schießlöcher, ungefähr 1 298, so viele habe ich gezählt, das hat mich am meisten interessiert.

Die Burg ist tausend Jahre alt, und so lange ich mich erinnern kann, sieht sie so aus, als hätte man sie erst gestern erbaut.

Von Baumheide aus blickt man auf die Schornsteine der Müllverbrennungsanlage und des Klärwerks, die nachts rot und weiß aufleuchten, damit die Hubschrauber einen Bogen um sie fliegen. Baumheide wurde um das Klärwerk und die Müllverbrennungsanlage herumgebaut, daher arbeiten die meisten auch in diesen beiden Betrieben. Die beiden Werke sehen richtig alt aus. Als hätte man sie vor tausend Jahren errichtet. Dabei hat man die Dinger 1979 gebaut. Steht sogar dick und fett an den Toren. In Messing eingraviert.

Und es stinkt dort. Furchtbar sogar.

Auf der Sparrenburg riecht alles frisch, sogar der Folterkeller.

20.00 Uhr. Freitagabend. Acht Kilometer von Baumheide entfernt in Bethel. Ich lag in Flos Armen. Wir waren seit sechs Monaten zusammen. Ich kannte Flo mein halbes Leben lang. Unsere Schulwege hatten sich seit der ersten Klasse am Jahnplatz gekreuzt. Wir lagen in ihrem Dachzimmer und liebten uns. Im Hintergrund lief etwas Ruhiges, eine Ballade.

ES IST EIN AUGENBLICK
DER DIR DAS LEBEN NIMMT
UND ES IST GANZ EGAL
OB WIR BEIDE DAGEGEN SIND

Ständig hörte ich ihre Eltern unter uns auf und ab gehen, ihr Hund kratzte von außen an der Tür. Warum ich so abwesend sei, wollte Flo wissen. Nein, nein, überhaupt nicht, sagte ich, ich sei voll da, und küsste sie. Doch sie stand auf und ging zur Tür und ließ den Hund rein und stellte die Musik lauter, richtig laut. Dann kam sie zu mir ins Bett zurück. »So, besser jetzt, oder?« Als ich mich zur Seite drehte, blickte der Hund mir genau in die Augen. Ich griff nach meinem T-Shirt und legte es, während ich Flo küsste, dem Hund über den Kopf. In zwei Stunden musste ich los, arbeiten, dann sah ich sie neun Stunden nicht, da ließ ich es mir jetzt nicht von einem Hund und Flos Eltern vermasseln.

Erst morgen würde ich sie wiedersehen, wenn alles gutging. Wenn ich die Nacht heil bliebe und überlebte, wenn keiner eine Knarre zückte oder ein Messer oder einen abgebrochenen Flaschenhals. Ich musste an Yussuf denken,

dem einer eine Kugel in die Halsschlagader gejagt hatte.
Im Mikado. In Lemgo. Yussuf hatte überlebt, würde aber
sein Leben lang im Rollstuhl sitzen. Er war erst 21 Jahre.
Der andere hat zwölf Jahre bekommen. Der war 31. Vorbei
auch sein Leben. Alles nur, weil er einen Kurden, einen
Landsmann, nicht in den Club reinlassen wollte. Alles
nur, weil ein Kurde ihn gedemütigt hatte. Sein Chef, der
Boss des Mikado, hatte Yussuf gebeten, weniger Ausländer reinzulassen, damit die Mischung stimmt. Damit die
Inländer sich nicht unterlegen fühlen, damit sie kapieren,
dass das ein »deutscher« Club ist. Inländer seien weniger
aggressiv, meinte er, Ausländer seien so emotional, meinte
er, drehen schnell durch, wenn viel Alkohol im Spiel ist
und die Frauen einen nicht wollen, wenn man sie will.
Die Clubbesitzer hatten den meisten Ärger mit den Aus-
ländern, bis sie auf die Idee kamen, diese Drecksarbeit, die
Auswahl der Gäste und die Abwehr der Ausländer, sie
selber machen zu lassen. Ein bisschen ist das wie im
Warschauer Ghetto, wo »Ordner-Juden« das »jüdische
Volk« unter Kontrolle hielten. Die »Ordner«, die »Türsteher« im Ghetto, bekamen Privilegien, mehr Essen,
keine Schläge, aber vergast wurden sie am Ende trotzdem. Yussuf, der im Mikado arbeitete und sich richtig gut
fühlte, wusste, dass er in der Altstadt nicht ins Bitches
Brew reinkommen würde, aber hier im Mikado war er der
Chef. Schräg. Aber so ist das. Überall hier. Also, Yussuf
ließ, obwohl er selber Kurde ist, einen anderen Kurden
nicht rein. Aber ein Kurde behandelt einen Kurden nicht
von oben herab! Dabei hat Yussuf nur versucht, seinen
Job zu machen, und der andere Kurde wollte nur seinen

Geburtstag feiern. So wandert der eine Kurde in den Knast und ein anderer Kurde in den Rollstuhl. Und die Party im Mikado geht weiter. Und das Mikado ist zwei Ausländer losgeworden. Überhaupt hat sich seit diesem Vorfall kaum noch ein Ausländer ins Mikado getraut. Auch ich war seitdem nicht mehr da. Die Partys dort sind jetzt der Hammer: kein Stress, keine Gewalt.

Doch zurück zu Flo.

Ich schloss die Augen und spürte ihre Zunge. Ich wollte, dass die Zeit stehenblieb, hier bei ihr, keine Schritte der Eltern mehr zu hören, kein Hecheln des Hundes an meinem Ohr, nur Flos Ein- und Ausatmen.

Ich werde die Nacht schon überleben, dachte ich. Ich werde morgen früh wieder hier an ihrer Seite liegen. Es wird nichts passieren. Kein Messer. Keine Knarre. Keine kaputten Flaschenhälse. Nur Party. Friedliche Inländer und Ausländer. Frauen, die wollen. Männer, die akzeptieren, wenn Frauen es nicht wollen. Nur Hip-Hop. ONE NATION UNDER ONE GROOVE. Der Hip-Hop kennt kein Schwarz oder Weiß. Dachte ich. Das Leben ist eine einzige Party, und ich bin der, der aufpasst, dass es auch so bleibt. Mehr nicht. Ich bin kein fucking »Ordner«. Ich bin ein Party-Macher. Alles läuft gut. Dachte ich. Ich kann austeilen und einstecken. Jeder kann sich auf mich verlassen. Ich bin nicht käuflich und übe keinen Verrat an dem, der mich bezahlt. Ich lasse niemanden im Stich, wenn mich jemand braucht, bin ich da.

In 69 Stunden endet diese Geschichte, danach beginnt eine neue.

Der Hip-Hop kam aus Amerika rüber und erreichte sogar Baumheide. Meine erste Platte war »Me Myself And I« von De La Soul. Gesungen haben wir im Viertel alle: »Memasefendei«. Verstanden haben wir nichts. Aber der Song brachte unser Blut zum Kochen. Danach haben wir uns Gasknarren besorgt und uns gegenseitig abgeschossen. Bis jemand anfing, vom Gas zu kotzen. Das ist Hip-Hop, cool, dachten wir.

4.09 Uhr. Ich stand im Glashaus. Das ist ein Hip-Hop-Club im Herzen von Bielefeld. Mein Kumpel Marcel und ich hatten jeder vier 0,5-Liter Cola hinter uns und einen doppelten Cheeseburger, den uns Karim gebracht hatte.

Es gab zu viel zu tun. Es war Freitagabend, alle wollten Party machen. Seit einem Jahr ging ich nicht mehr zur Schule. Nicht, weil ich zu dumm war, nein. Ich wollte Geld verdienen, so schnell es ging, ganz einfach.

Ich saß jetzt hier und arbeitete an der Tür. Ich richtete meine Augen nach vorne. Die Tür stand offen. Obwohl es Nacht war, ließen wir sie im Sommer immer auf. Wegen der Hitze. Die meisten gingen an uns vorbei, wir blieben auf der Schwelle.

Unsere Schicht begann um 23 Uhr und endete um 6 Uhr. Wir mussten eine halbe Stunde vorher da sein, wir grüßten alle, die mit uns in der Nacht zusammenarbeiteten, die Barleute, die Kellner, die Klofrau, alle waren froh, dass wir da waren, wir galten als still und unaufdringlich, nicht geschwätzig, dabei hätten wir gerne ein bisschen geplaudert, es war nur so, dass keiner mit den Türstehern sprach. Alle waren nur froh, dass wir da waren. Wenn die

Nacht endete, begannen wir eine halbe Stunde vor 6 Uhr, die Straße vor der Tür zu fegen.

Die anderen bildeten Fahrgemeinschaften, um nach Hause zu kommen oder in den nächsten Club, niemand konnte mehr schlafen, obwohl jeder müde war.

Keiner wusste, wie wir nach Hause kamen. Keiner wusste, wo wir wohnten. Keiner kümmerte sich um uns. Außer Karim. Karim, mein Cousin, plauderte mit uns und brachte uns was zu essen, bevor der große Ansturm kam, Hamburger oder Döner. Dafür durfte er so viel abfeiern, wie er wollte. Trinken. Rein- und rausgehen. Mädchen anquatschen und mit uns hier oben an der Tür Punkte bei ihnen machen. Bei jedem zweiten Mädchen zog diese Nummer. Karim wusste, was er an uns hatte, und wir wussten, was wir an ihm hatten.

Marcel und ich gingen meistens zu Fuß nach Hause. Im Sommer war das herrlich. Der frühen Sonne entgegenzulaufen. Baumheide liegt im Nordosten der Stadt. Manchmal war Karim dabei, manchmal auch nicht. Je nachdem, ob er bei irgendeinem Mädchen gelandet war oder nicht.

Vom Club bis nach Baumheide waren es fünf Kilometer. Wenn man die ganze Nacht stand, war man froh zu gehen. Alles war ruhig. Kaum Autos, nur ein paar Taxis, diese Stille, das Dämmern. Dennoch, wenn uns einer gefragt hätte, wir wären mit ihnen nach Hause gefahren, eine kleine Unterhaltung hätte gutgetan. Marcel und ich sprachen den ganzen Rückweg kaum ein Wort miteinander. Nicht, weil wir uns nicht mochten, nein, sondern, weil wir die ganze Nacht miteinander gequatscht hatten, da gab es irgendwann nichts mehr zu sagen.

Außer, wenn es in der Nacht ordentlich geknallt hatte und wir es so gerade eben geschafft hatten, nicht im Krankenhaus zu landen.

Aber in dieser Nacht würde ich nicht mit Marcel nach Hause gehen, sondern zu Flo zurückkehren, mit einem Taxi oder mit dem Nachtbus. Ich hatte es Marcel noch nicht gesagt. Marcel mochte es nicht, wenn seine Kumpels die Freundinnen ihm vorzogen. Marcel war schon immer so eine Art Söldner-Typ, schon als Sechsjähriger mochte er es nicht, wenn man auf dem Spielplatz mit anderen Kindern spielte, die nicht aus demselben Viertel waren. Das Viertel und seine Freunde waren für ihn alles, darüber gab es nichts. Er würde wieder wütend werden, dass ich zu Flo nach Bethel wollte. Zu einem Mädchen aus einem anderen Viertel! Marcel wollte immer schon eine starke Gruppe hinter sich wissen. Vor allem wollte er in einer starken Gruppe dabei sein. Fast schon militärische Züge bekam unsere gemeinsame Freundschaft. Aufstehen: 12 Punkt null null. Treffen: Punkt 13.00 Uhr bei Habibi. Dann 15.45 Uhr Training, genau 45 Minuten. Maximale Kraft, alle Übungen mit höchster Gewichtseinheit. Ohne Aufwärmen. Er machte alles vor, wir mussten mitziehen. Schock-Training sei das, meinte er, das würden jetzt alle machen. Das haben sie alle aus der Zeitung. Man versetzt den Körper bei den Übungen in einen Schockzustand. Die anderen haben das aus den Zeitungen, doch Marcel hatte damit schon fast ein Jahr zuvor angefangen. Das hatte er aus Marseille mitgebracht. Von der Fremdenlegion. Ja, klingt unglaubwürdig, ist aber so. Marcel hat sehr früh die Schule geschmissen und wollte an dem Tag,

an dem er achtzehn wurde, in die Fremdenlegion ein-
treten. Als er vor den Toren dieser Einheit stand, wollte sie
ihn wieder wegschicken. Zu jung. Nicht geeignet. Aber
Marcel blieb vor der Tür. Drei Tage und drei Nächte harrte
er aus. Die Kommandeure lachten sich kaputt. Dann ließen
sie ihn rein. Sie meinten, dass sie ihn nicht aufnehmen
könnten. Doch irgendwie bekam er ein paar Probetage.
Dieses Programm war so hart, dass Marcel am Ende freiwillig ging. Er gab auf und kam nach Baumheide zurück.
Marcel wurde von uns wegen seiner Kapitulation nicht
verarscht, es passierte genau das Gegenteil. Wir dachten
daran, was das für eine knallharte Truppe da an der Côte
d'Azur sein musste, die den härtesten Brocken aus unserem Viertel zur Aufgabe gezwungen hatte. Von diesem
Zeitpunkt an war Marcel berühmt und gefürchtet.

Marcel und ich fragten uns nicht, ob es einen Tag zwischen den Nächten gab. Die Tage interessierten uns nicht
mehr. Seit knapp einem Jahr arbeiteten wir schon: drei
Nächte, Freitag, Samstag, Sonntag. Dann kam bald noch
der Donnerstagabend dazu, weil unser Chef mehr Geld
machen wollte, vor allem mit den Studenten, die ihm am
Wochenende durch die Lappen gingen, weil sie zu ihren
Familien oder Freunden fuhren. Ihnen wollte er die Mög-
lichkeit geben, es auch mal unter der Woche ordentlich
krachen zu lassen. Aus diesem Nachtrhythmus kamen wir
an den übrigen Tagen nicht mehr raus. Wir trafen uns
kaum tagsüber. Eigentlich traf ich niemanden am Tag.
Wenn ich Flo nicht kennengelernt hätte, hätte ich den
ganzen Tag im Bett verbracht. Die ganze Woche. Den

ganzen Monat. Eine Ewigkeit. Mein Leben hätte bis an mein Ende so weitergehen können. Ich war drauf und dran, mich in einen Nightwalker zu verwandeln. Wenn nicht Flo in mein Leben getreten wäre und mit ihr die Sonne. Wenn sie mich nicht ab und zu angerufen hätte, am Nachmittag oder am Morgen, um mit mir in den Park zu gehen, ein Eis zu essen oder irgendwo zu frühstücken, hätte ich das Bett nicht verlassen.

Der Club war kurz nach dem Zweiten Weltkrieg eröffnet worden. Er hatte schon immer die härteste Tür und würde sie in Zukunft noch härter machen, das musste so sein, denn in den Club wollte jeder rein, der was auf sich hielt und seinen Wert steigern wollte. Aber nicht jeder durfte rein, sonst stünde hier jeder Bauer aus Ostwestfalen-Lippe drin, dann würde es hier nach Scheiße stinken, und niemand will in Scheiße abfeiern. Ich machte die Regeln nicht. Mein Job war es nur, dafür zu sorgen, dass die, die drinnen waren, sich sicher fühlten. Und dass die, die draußen waren, die nicht reinkamen, schnell verschwanden. Manchmal musste ich Kopfnüsse verteilen. Kopfnüsse tun weh, machen aber nichts kaputt. Man stirbt davon nicht. Nur Schmerzen hat man. Und niemand hat gerne Schmerzen. Deshalb blieb niemand, der von mir eine Kopfnuss bekam. Die Stirn eines Mannes ist härter als seine Fäuste, deswegen bot ich jedem meine Stirn an, keine Nase überlebte das, keine Lippe blieb zusammen, MEINE STIRN LÄSST EURE ZÄHNE ZITTERN, 21 Stufen führen runter in den Club, vor der ersten Stufe stehe ich, ALEN, ich bin nicht drinnen und nicht draußen, mein Arsch zeigt nach innen, meine Stirn nach außen.

Es war gutes Geld.

Ich hielt meine Knochen hin, je größer das Risiko, desto mehr Geld. Es ist überall so, sowohl im Club als auch in der Chefetage der Deutschen Bank.

Seit knapp 52 Wochen stehe ich hier. Kurz nach dem Tod meines Vaters fing ich an, im Club zu arbeiten. In dieser Zeit schmiss ich auch die Schule. Donnerstag, Freitag, Samstag, Sonntag. Das waren meine Arbeitstage.

204 Tage. Jeden Abend ein Durchlauf von 500 Leuten. Die, die ich reinlasse. Es kommen im Durchschnitt 700. Ich weise 200 ab. Mit 700 Menschen hab ich pro Abend Kontakt. Das sind 142 800 Menschen, seit ich hier stehe.

142 800 Seelen in meinen Nächten.

Durchdringend das Schwarz der Augen, immer wieder, der Blick des anderen im anderen.

Ich sitze an der Tür und lasse euch rein.

Ich sitze an der Tür und lasse euch nicht rein.

Nacht für Nacht.

Ich gehe ab und zu einen Schritt nach rechts, einen Schritt nach links, bleibe stehen, setze mein Gewicht auf das eine Bein, auf das andere, gehe einen Schritt nach vorne, gehe einen Schritt nach hinten, bleibe stehen und wende meinen Kopf nach links, nach rechts.

Dumpf schallen monotone Schläge von unten herauf.

Ich warte, gehe ab und zu einen Schritt nach rechts, einen Schritt nach links, bleibe stehen, setze mein Gewicht auf das eine Bein, auf das andere. Ich wende meinen Kopf nach links, nach rechts.

Weil das Grab meines Vaters am Sennfriedhof bis jetzt

immer noch keinen scheiß Grabstein hat. Weil wir damals kein Geld hatten. Weil ich deshalb die Schule geschmissen habe. Weil ich Geld verdienen wollte. Dieses ewige Kein-Geld-Haben. Dieses ewige So-gerade-durch-den-Monat-Kommen.

Kein Geld haben ist die Hölle auf Erden. Kein Geld haben ist, als wärst du ohne Beine auf die Welt gekommen. Kein Geld haben ist, als ob du ohne Augen und Ohren reist. Jetzt habe ich Geld, ich könnte meinem Vadder einen beschissenen Stein kaufen. Sogar aus Marmor. Aus scheiß Granit. Aber ich tue es nicht. Das Geld habe ich schon längst zusammen, aber den Stein habe ich ihm immer noch nicht gekauft. Ich stehe Nacht für Nacht hier an der Tür und warte. Jede beschissene Nacht warte ich an der Tür und kassiere das scheiß Geld. Bar. Cash auf die Hand. Ohne Steuern. Ohne Bank. Schwarz. Alles liegt zu Hause im Schrank und wartet.

Die rote Signallampe über der Tür leuchtete auf. Das hieß, dass es unten im Club Ärger gab. Auf den Monitoren sahen wir Karim, wie er umringt von einer Menschentraube wild um sich schlug. Ich schloss die Tür und lief schnell die Treppe runter, Marcel hinter mir her. Seit in den Clubs nicht mehr geraucht wurde, stank es nach Schweiß und Kotze.

Auf der Tanzfläche trieb Karim einen Typen vor sich her, zwei andere Typen hingen an Karim fest. Wie zwei Affen an einem Baum. Alle drei waren tätowiert und kahl rasiert. Als wir kamen, sprangen die zwei Typen ab und liefen weg. Dem dritten verpasste Karim einen

Schlag, benommen lief dieser den anderen beiden hinterher. Karim, Marcel und ich folgten den drei. Sie liefen Richtung Ausgang, die Treppen hoch, von der verriegelten Eingangstür wurden sie gestoppt. Karim griff nach dem Hocker, auf dem Marcel während der Nacht immer saß, und schlug auf den ersten ein, der sich ihm entgegenwarf. Die anderen zwei blieben wie versteinert stehen. Sie rührten sich nicht und beteten wohl, dass dieses Inferno schnell vorüber wäre. Sie spürten, dass sie sich mit dem falschen Gegner angelegt hatten. Irgendwann kommt einer, der ist besser. So ist das Leben. Heute war für sie Zahltag. Cash. Ich wollte los und dazwischengehen, aber Marcel hielt mich zurück. Er hielt mich am Arm fest und ließ nicht los. Meine Blicke wanderten von dem Geprügelten zu den beiden an der Tür. Sie standen da. Bewegten sich nicht. Zittrig. Paralysiert.

Ich erkannte, dass die drei Jungs Engländer waren. Wir nannten sie Tommys. Das waren Soldaten oder deren Angehörige aus der Royal Army.

Nach dem Zweiten Weltkrieg war Bielefeld so was wie eine Hauptbasis in deren Besatzungszone. Oft habe ich mich gefragt, warum gerade Bielefeld. Wir dachten, dass es an unserem Dr. Oetker liegen müsse. Der Puddingfirma. Pizza. Drei Sommer lang hatte ich am Fließband Pudding verpackt und mir jeden Abend eine Pizza mitgenommen.

Auch die Bekleidungsfirma Windsor war in Bielefeld.

Bielefeld wurde also zum Wohnzimmer, Ausstatter und

Restaurant der Engländer. Und natürlich zu ihrer Party-zone. Das Glashaus war ihr Laden. Und genau das hatte Karim in dieser Nacht gestört.

Karim prügelte den einen Tommy. Die anderen beiden standen reglos an der Tür, in der Hoffnung, er würde sie da vergessen. Weglaufen konnten sie nicht, weil Marcel und ich den einzigen Fluchtweg versperrten. Ich wollte sie rauslassen, aber Marcel hielt mich mit hartem Griff fest. Auch ich fror kurz ein. Das Blut spritzte Karim ins Gesicht und auf meinen Barhocker, auf dem ich eigentlich den Rest der Nacht verbringen wollte. Als ich Marcel anschaute, schüttelte er den Kopf. »Lass ihn mal machen«, meinte er gleichgültig. »Das wird die anderen davon abhalten, ihr scheiß Zeug zu verkaufen.«

Doch ich versuchte, Karim zu greifen und wegzuzerren. Wie ein Pitbull hatte er sich in den Tommy verbissen.

Ich gab Karim einen Schlag auf den Nacken. Er hielt inne, ließ sein Opfer los, schaute mich böse an und schlug kraftvoll, während er mir in die Augen blickte, dem Tommy mit der Faust ins Gesicht.

Das war's. Wenn hier einer entscheidet, wann es zu Ende ist, dann ich, sagte mir Karims Blick.

Karim war ein starker Junge, sehr stark, aber zwei Jahre jünger als ich. Karim war mein Cousin. Der Sohn des älteren Bruders meiner Mutter. Zeit meines Lebens sollte ich auf ihn aufpassen und achtgeben, so verlangte es die Familie von mir. Zeit seines Lebens hörte er auf mich, nur nicht in letzter Zeit. Und schon gar nicht, wenn er auf jemanden eindreschen konnte.

Das war's, dachte ich. Karim will nicht mehr, dass man *auf* ihn aufpasst, er will, dass man *vor* ihm aufpasst. Sich vor ihm in Acht nimmt. Nicht ihn in Acht nimmt. Ich hatte es kapiert. Aber wie brachte ich das meiner Familie bei?

Die zwei Tommys klebten immer noch an der Tür und riefen, dass Karim endlich mit ihrem Kumpel aufhören solle. Dazwischengehen konnten sie nicht, weil Marcel und ich im Weg standen. Was ich erst jetzt sah: Marcel hielt seinen Totschläger in der rechten Hand, während er mit den Augen die beiden anderen an der Tür fixierte. Ich hielt meine Augen auf Karim gerichtet und hoffte, er würde gleich aufhören und die beiden anderen würden nicht doch noch losbrechen, Marcel nicht den Totschläger benutzen. Nicht draufschlagen. Nicht kaputtschlagen. Bitte. Friedlich bleiben. Ich will zu Flo. Yussuf. Der Rollstuhl. Knast. Zwölf Jahre. Mikado. Kurde gegen Kurde. Nein – stopp – aufhören …

In diesem Moment kam aus dem Inneren des Clubs ein Mann die Treppen herauf, zwei Frauen an seiner Seite. Die eine, links von ihm, war seine Freundin, Franziska, Spitzname: Ziska. Die andere, jüngere, die Freundin der Freundin. Mia. Ziska war gerade mal siebzehn und sah aus wie Mitte zwanzig, großer Busen, lange, gelockte, blonde Haare und immer einen Rock, der knapp bis unter den Po ging, dazu hochhackige Pumps. Ich ertappte mich selber dabei, wie ich auf ihren Arsch schaute. Mia war anders, sie sah auch ganz anders aus, beide waren gleich alt, aber Mia war körperlich weniger entwickelt, sie war flach wie eine Flunder, sagt der Volksmund, aber sie war noch flacher als eine Flunder, sie war wie ein dünn geschnittenes Brett mit einem kleinen Loch unten.

Tom war Engländer. Sein Großvater war als Soldat nach Bielefeld gekommen und hatte während eines Heimaturlaubs ein Mädchen geschwängert, das Toms Großmutter wurde. Ihr blieb nichts anderes übrig, als ihr schönes London aufzugeben und in das Land zu emigrieren, das ihre Eltern bei einem Bombenangriff auf London umgebracht hatte. Deutschland. Bielefeld. Wer tauschte freiwillig London gegen Bielefeld? Es kamen zwei Kinder. Toms Vater und seine Schwester.

Sie bleiben alle, Toms Vater trat ebenfalls in die Armee ein und blieb auch. Er heiratete eine Deutsche, die Kantinenangestellte Hilde, die den englischen Offizieren das Essen zubereitete. Am liebsten hätte Toms Opa seinen Sohn Wayne für diese Heirat erschossen. Seitdem haben beide kein Wort mehr miteinander gewechselt. Toms Vater und Toms Mutter hassten die Offiziere, diese arroganten wohlerzogenen Lords aus Wales oder York, diese versnobten Karrieristen. Als ordentlicher Arbeiter musste man diese Arsch-Gesichter hassen. Hilde und Wayne hassten die da oben. Sie sahen sich im Kino »Bonny und Clyde« und den Film »Badlands« an. Doch so weit kam es nicht, dass Wayne seinen Vater erschossen hätte, um mit der Liebe seines Lebens zusammen zu sein, nein, es kam ganz friedlich.

Wayne verließ die Kaserne und zog mit Hilde in den Oberntorwall, direkt neben den Bunker-Ulmenwall. Am Fuße der Sparrenburg.

Wayne ging jeden Morgen in die Kaserne und arbeitete dort, er reparierte die Einsatzfahrzeuge der Armee, die sein Vater zu Schrott fuhr. Waynes Vater stellte die Fahrzeuge wortlos bei seinem Sohn ab, und der Sohn stellte die Fahrzeuge nach getaner Arbeit wieder vor die Werkstatt. Kein Danke, kein Bitte. Das ging fünfzehn Jahre so. Bis Waynes Vater pensioniert wurde und mit seiner Frau endlich zurück nach London ging. Waynes Schwester ging mit zurück, und so blieb Wayne mit seiner deutschen Hilde in Bielefeld allein zurück. Kranke Engländer halt. Inselaffen.

Im Laufe der Jahre halbierte die Kaserne das Personal, und auch Toms Vater hatte die Wahl, zurückzugehen nach London, zusammen mit seiner Frau Hilde und dem gerade geborenen Tom, oder hierzubleiben. Für Hilde war London keine Option. Ihr Vater hatte in einem der Flugzeuge gesessen, die London in Schutt und Asche gelegt hatten. Was würden sie dort mir ihr machen, wenn das rauskäme? Also wuchs Tom in Bielefeld auf. Sein Vater vermasselte es ordentlich, er fand keine Arbeit mehr, ab und zu schnitt er für die Stadt die öffentlichen Rasen und zog den Spott der ehemaligen Kameraden auf sich, die immer noch all ihre Abzeichen trugen und die Privilegien der Besatzermacht genossen, die Wayne nicht mehr hatte, weil er bei Hilde geblieben war.

Wayne trank viel und schlug seine Frau windelweich. Bis Bonny endlich den Mut aufbrachte und ihren Clyde verließ. Hilde lief zu einem anderen Mann. Der genauso wie sie Deutscher war, und von da an hasste sie die Engländer.

Drei Wochen später schoss sich Wayne in den Kopf mit seinem alten Militärgewehr, das er behalten durfte. Da war Tom dreizehn. Schluss, aus, vorbei.

Jetzt war Tom Mitte zwanzig und hatte seit zwei Jahren einen eigenen Tattoo-Laden. Aber das war nicht seine Haupteinnahmequelle. Jeder im Nachtleben wusste, womit Tom eigentlich sein Geld machte. Mein Chef wusste es. Meine Freunde im Viertel. Die ganze Straße. Die ganze Stadt. Jede Tante, jeder Onkel, jede Mutter und jeder Vater. Jedes Kind. Jeder, der nachts unterwegs war, traf früher oder später auf Tom oder seine Handlanger. Die sie mit allem Möglichen versorgen konnten, womit die Nacht niemals ein Ende fand. Wenn ich mal mit meinen Kumpels eine durchzog, wusste ich, dass es irgendwie durch Toms Hände gegangen war. Wenn Flos Gymnasiastenfreunde sich irgendwas reinwarfen, um leistungsfähiger durch ihre Klausuren zu gehen, kassierte Tom. Über Tom lief viel, und Tom ließ alles laufen. Wir alle brauchten von Zeit zu Zeit das richtige Mittel, um richtig zu ticken. Die Polizei zeigte sich schon seit langem nicht mehr in unserem Viertel, nur wenn sie musste, also bei einer Leiche, oder wenn sie jemand gerufen hatte. Ihre Präsenz war gleich null. Sie wollten durch ihre Anwesenheit nicht provozieren. Sie waren für unser Viertel keine Freunde und keine Helfer. Sondern Störenfriede. Solange alles nach außen ruhig blieb, waren sie zufrieden. Die Statistik war ihnen wichtig. Also wurde ab und zu ein Auge zugedrückt. Nicht jedes Vergehen geahndet. Man wollte uns in diesem Viertel nicht »kriminalisieren«. Der Witz war: Wir waren alle kriminell. Sogar ich. Ich wollte es zwar nicht wahrhaben, aber ich war es. Denn auch, wenn ich von einer Straftat weiß und sie nicht zur Anzeige bringe, mache ich mich strafbar. Das hatte mir Marcel gesagt, seitdem war mir alles scheißegal. Hier in unserem Viertel war man sogar schuldig, wenn man nichts Unrechtes getan hatte. Hier war man ein Verbrecher, ohne ein Verbrechen begangen zu haben. Es reichte schon, einen Gesetzesbruch mitbekommen zu haben. Ab und zu. Und dieses Ab-und-Zu war hier ständig. Du musstest praktisch taub, stumm und blind sein, am Besten noch querschnittsgelähmt, um nicht mitzubekommen, was hier abging. In Baumheide wirst du schuldig geboren. Aber der König aller Kriminellen war Tom.

Also zurück zu ihm: Sein richtiges Geld machte Tom mit Drogen, denn durch seine Kontakte zur Royal Army verfügte er über ein gutfunktionierendes System. Der Militärflughafen auf dem Gelände lieferte ihm und der Stadt Drogen aus aller Welt: Thailand, Afghanistan, Indien, von überall dort, wo die Royal Army zu Hause war. Tom schmierte die Militärpolizei und alle, die wichtig waren, damit er sein Zeug bekam. Weiterverarbeiten konnte er den Stoff innerhalb der Kaserne, in den stillgelegten Baracken. Auf die Straßen kam nur das fertige Produkt, feinste persische Seide und feinster englischer Tweed.

Eine Zeitlang hatten erst Italiener, dann Kurden und dann die Türken versucht, sich Bielefeld drogentechnisch unter den Nagel zu reißen, aber das hat nicht geklappt. Man hatte die Leichen im Stausee in Schildesche gefunden. Sie hatten ihre abgeschnittenen Eier im Rachen. Mit der Armee als Geschäftspartner lässt es sich gut leben. Wenn du so eine skrupellose Spezialeinheit im Rücken hast, was brauchst du dann noch zu fürchten?

Seitdem hatten die Kurden die Nutten, die Italiener die Gastronomie und die Türken das Glücksspiel. Peanuts im Gegensatz zu der Menge an Drogen, die eine Stadt wie Bielefeld und ihr Umkreis konsumieren. Ich kenne keinen Bauern in Ostwestfalen-Lippe, der seine Ernte einbringt ohne zu kiffen. Nein, nein, Bielefeld war Tommy-Land. Und wir waren ihre Putzfrauen, auch wenn uns das nicht passte. Tom versorgte jeden mit seinem Stoff. Tom machte alle high und kaputt. So, als wäre das seine Mission. Die Deutschen kaputtzumachen, sie spüren zu lassen, was er durchmachen musste, was dieses Land mit ihm und seinem Vater gemacht hatte. Auch eine Form, sich mit der neuen Heimat auseinanderzusetzen. In ein Land hineingeboren zu sein, ohne es selber gewollt zu haben. In die Welt gevögelt zu sein, aber nicht fliegen zu können. Seine Mutter sah er kaum noch, mit achtzehn war er weg. Ab und zu schickte er ihr Geld. Sie aber kaufte sich von diesem Geld nichts, keine Kleider, keinen Schmuck, stattdessen verbrannte sie es, und mit der Asche der Geldscheine düngte sie ihren Garten.

»Seid ihr fertig mit ihm?«, meinte Tom trocken. Karim blieb stumm und schnaufte wie ein Pferd neben mir, während er sich mit einem Taschentuch das Blut von seiner Hand abzuwischen versuchte. Getrocknetes Blut auf der Haut kann ganz schön hartnäckig sein. Marcel nickte und kündigte an, wenn die Typen zu Tom gehörten, dann hätte auch er hier jetzt Hausverbot. Ich blieb still und gab keinen Laut von mir. Normalerweise überließ Marcel solche Situationen mir, das Reden war nicht sein Ding.

Ja, sagte Tom und schaute auf den Boden, das sei sein Kumpel, oder besser, das, was von ihm übrig sei. Über Toms Gesicht huschte ein Lächeln. Nicht sie, seine Kumpels und er, hätten den Streit angefangen, erklärte er uns noch, sondern Karim, der habe seine Freundin, Ziska, angemacht. Daraufhin hätten ihn seine Kumpels freundlich zurechtweisen wollen. Aber Karim reagierte nicht darauf, so hätte das eine zum anderen geführt. Mich wunderte die Ruhe, mit der Tom uns dies alles erklärte. So benimmt sich nicht einer, der sich schuldig fühlt, dachte ich. So kalt bleibt keiner. Alles an ihm sagte: Und ich bin Chef hier, das, was passiert ist, ist euer Problem. Karim schrie in diesem Moment los, das sei eine Lüge, und er werde Tom kaltmachen. Marcel ging dazwischen. Tom nahm seelenruhig Ziskas und Mias Hand und führte die Mädchen zur Tür. Ich öffnete ihnen die Tür. Wir ließen sie gehen. Doch dann kehrte Tom zurück, blickte kurz Marcel an, hob den auf dem Boden Liegenden auf, die beiden, die die ganze Zeit hilflos herumgestanden hatten, wollten Tom helfen, er stieß sie zur Seite. Tom warf sich den blutenden Körper über die Schulter und trug ihn raus.

Marcel wandte sich zu Karim um. Karim drehte seinen Kopf weg.

Er gehe jetzt mal wieder runter, eine Cola trinken, ob wir auch was wollten. Marcel reagierte nicht. Ich schüttelte den Kopf.

Ich hob meinen Hocker auf und versuchte, das Blut wegzuwischen. Blut ist hartnäckig, dachte ich. Blut lässt sich nicht so leicht wegwischen, dachte ich. Ich setzte mich hin. Ich hörte meine Halsschlagader pochen, mein linkes Auge zuckte, und ich strich mit der Hand über das Auge, bis das Zucken aufhörte. Alles wird gutgehen, dachte ich, heute Nacht wird alles gutgehen.

THERE'S ONLY ONE GOD SONNY
AND THERE AIN'T NO REPLACEMENT
AND ANYBODY THINKIN DIFFERENT
JUS GET LOCKED IN THE BASEMENT

Ich habe nur ein Leben, es gibt kein zweites Leben, dachte ich und ahnte nicht, dass in 61 Stunden alles vorbei sein würde. Alles löste sich auf um mich herum wie ein Stück Zucker in heißem Tee.

Eine Schlägerei dauert immer nur ein paar Sekunden, eine Minute höchstens. Eine Schlägerei ist kein Boxkampf. Keine Regeln. Keine Gewinner. Nur Verlierer. Und viel Blut. Blut überall. Auf der Hand. Im Gesicht. Auf den Klamotten. Auf dem Boden. Und du bekommst das nicht raus, aus den Klamotten schon, aber nicht aus deinem Gedächtnis. Nicht aus deinem Kopf. Das Blut klebt an deinen Gehirnwindungen, dein Leben lang. Jedes Mal, wenn du deine Augen schließt, wenn du an nichts denken willst, wenn du das Leben genießen willst, ist es da.

THE TOP FEELS SO MUCH BETTER
THAN THE BOTTOM
SO MUCH BETTER

Ich dachte darüber nach, was es heißt, oben zu sein. Was oben und unten bedeutet. Wie man von unten nach oben kommt und wie man von oben nach unten fällt.

Ich zwang mich, mit diesen Gedanken aufzuhören, kurz nach 5 Uhr morgens. Aufhören, dachte ich, ich zwang mich, von diesem Hocker aufzustehen, schaute rüber zu Marcel, der seit dem Vorfall kein Wort gesagt hatte. Er ging sein Handy durch nach Nachrichten, die er löschen konnte.

Marcel hatte mir vor wenigen Stunden zum Geburtstag eine selbstgemixte CD geschenkt. »Doomsday«. Hip-Hop-Songs, die das Ende der Welt verkünden. Er sagte, damit mache es erst richtig Spaß, über die Straßen zu heizen und mit unseren Gasknarren aus dem Auto zu schießen.

Karim hatte mir einen lapprigen Cheeseburger mitgebracht, vorhin, als er kam, ich glaube, er hatte keinen Hunger mehr auf ihn.

Karim war die ganze Zeit um uns herumgeschwirrt.

»Also, die Frau …«, sprudelte es aus Karim raus, »springt auf die Bar und schreit: Everybody cool it's a robbery!«

»Es ist der Typ«, warf Marcel trocken ein, während er sich eine Cola öffnete und die Dose an den Mund setzte.

»Genau, der Typ«, nickte Karim. »Also, dann geht die Frau mit so 'm schwarzen Müllsack herum und sammelt …«

»Es ist der Typ, der mit dem Sack.«

»Stimmt! Also, der Typ geht dann so herum und kommt dann zu John Travolta und will …«

»Zu Samuel L. Jackson.«

»Ja, ja, ja, genau, Jackson …«

»Sag mal, kannst du jetzt mal die scheiß Geschichte erzählen!« Ich wurde nervös. »Ich muss pinkeln, also beeil dich, erzähl endlich!«

»Bin doch dabei. Wenn Marcel nicht ständig dazwischenquatschen würde … Also, der Typ kommt zu Samuel L. Jackson, der ganz cool seine Eier mit Speck isst …«

»Es ist John Travolta, der die Eier mit Speck …«, meinte Marcel ungerührt.

»Jetzt halt die Klappe, Marcel!« Ich wurde wütend.

»Genau, halt die Klappe, Mann, und lass mich die scheiß Geschichte erzählen.«

»Ist ja gut.« Marcel warf die leere Cola-Dose in die Ecke.

»Also, der Typ sieht diesen schwarzen Aktenkoffer, den Jackson hat, und will ihn natürlich haben. Aber Travolta … ich mein' Jackson gibt ihm den Koffer nicht und zieht stattdessen seine Wumme und hält sie dem Loco vor die Nase. Dann kommt dieser hammerharte Spruch aus dem Koran …«

»Aus der Bibel kommt der Spruch«, korrigierte Marcel.

»Ja, genau … aus der scheiß Bibel. Der scheiß Spruch vom scheiß Anfang des Films.«

»Ja, und?«, fragte ich.

»Er sagt … Jetzt hast du mich total bescheuert gemacht! Das habt ihr jetzt davon!«

»Scheiße, Mann, ich geh rein, ich muss pinkeln.« Ich drehte mich weg.

Marcel hielt mich fest. Karim fuhr fort:

»Er sagt den Spruch aus Hesekiel, Kapitel 25, Vers 17: Der Pfad der Gerechten ist zu beiden Seiten gesäumt mit Freveleien der Selbstsüchtigen und der Tyrannei böser Männer. Gesegnet sei der, der im Namen der Barmherzigkeit und des guten Willens die Schwachen durch das Tal der Dunkelheit geleitet. Denn er ist der wahre Hüter seines Bruders und der Retter der verlorenen Kinder. Ich will große Rachetaten an denen vollführen, die da versuchen, meine Brüder zu vergiften und zu vernichten, und mit Grimm werde ich sie strafen, dass sie erfahren sollen: Ich bin der Herr, wenn ich meine Rache an ihnen vollstreckt habe.«

»Und dann?«, wollte ich wissen.

»Was, und dann?« Karim schaute verwirrt.

»Und dann halt?«, wiederholte ich.

»Nichts und dann. Der Spruch ist doch cool, oder?«

»Ja, was passiert dann?«, wollte ich wissen. »Knallt er ihn ab?«

»Nein. Er lässt das Mädchen am Leben.«

»Er lässt den Typen am Leben«, korrigierte Marcel.

»Ja, Mann, ich hab's kapiert!« Karim war beleidigt. Aber er erzählte trotzdem weiter: »Samuel L. Jackson schließt mit seinem alten Leben ab und beginnt ein neues.«

»Der war ein verdammter Killer, sagst du?«, fragte ich.

»Und was für einer! Ein bad-ass-motherfucker. Das hat er sich sogar auf sein Portemonnaie sticken lassen, 'ne Menge geile Autos, tiefergelegt, breit, Bräute, Titten und solche Schwänze! Hat jeden umgenietet, der ihm in die Quere kam. War sein Leben lang der King. Eine Bank bei seinen Kumpels. Und dann hat er von heute auf morgen mit allem aufgehört. Jetzt wandert er durch die Landschaft und hilft alten Omas über die Straße. Putzt ihnen den Arsch ab. Kümmert sich um verlorene Seelen. Verteilt Heizdecken an Frierende ...«

»Ich geh pinkeln«, sagte ich. Und ich ahnte nicht, dass unter uns der Rache-Engel langsam seine Flügel ausbreitete. Ich ging pinkeln. Wir merkten nicht, dass sich ein Unheil über uns zusammenbraute.

MY SONGS CAN MAKE YOU CRY
TAKE YOU BY SUPRISE
AND AT THE SAME TIME
MAKE YOU DRY YOUR EYES
WITH THE SAME RHYME

Eigentlich ist das eine Geschichte über Flo, ein Mädchen, das in meine Welt kam. Mich rettete. Ich werde nicht müde, es immer wieder zu sagen: Sie holte mich aus der Scheiße raus. Ohne sie wäre ich schon längst im Knast oder tot. Punkt.

Es war kurz vor zehn. Flo drückte mir ihre Nase an den Hals und strich mit ihr an meiner Haut entlang bis an mein Ohr. Ich gab mir einen Ruck, »Ich muss jetzt echt los«, sprang aus dem Bett, suchte meine Klamotten zusammen, zog sie über und ging. Die Tür fiel hinter mir zu, und ich hielt kurz inne. Flo öffnete die Tür noch einmal und fragte mich, ob ich nach der Arbeit vorbeikommen wolle. Ich wusste nicht genau, ob ich es wirklich wollte, ich dachte kurz an Marcel, mit dem ich eigentlich immer nach Hause ging, schweigend und müde und seltsam wach. Die Pause, die ich zum Nachdenken brauchte, war Flo zu lang, sie runzelte die Stirn. Sie müsse mir was sagen, meinte sie, das könne sie nur, wenn ich heute Nacht, nach der Arbeit, zu ihr kommen würde. Es sei wichtig. »Gut«, sagte ich, um nicht noch länger an der Tür stehen zu müssen. »Ich bin da. Dann können wir den ganzen Morgen reden.« Sie gab mir einen Kuss. Sie war erleichtert. Ich nicht. Ich dachte an Marcel. Sie gab mir einen Schlüssel. Ich nahm ihn. »Dann brauchst du nicht zu klingeln, wenn du kommst. Leg dich einfach zu mir.« In spätestens neun Stunden bin ich wieder bei ihr, dachte ich, wenn alles gutgeht. Diese Nacht.

Ich kenne Karim und Marcel seit meiner Kindheit. Karim, Marcel und ich sind zusammen in Baumheide aufgewachsen. Aber nur Marcel und ich haben den Job hier an der Tür bekommen. Karim nicht, er ist zwei Jahre jünger als Marcel und ich.

Marcel und ich waren irgendwann in den Boxclub gegangen, wo die Türsteher des Glashauses und anderer Clubs trainierten, wir machten mit. Boxen und Krafttraining. Wir legten Gewicht zu. Und irgendwann stieß auch Karim dazu. Wir schlugen uns ganz gut gegen die Älteren, und dann kam eines Tages der Trainer zu uns. Wir sollten uns beim Besitzer des Glashauses vorstellen, weil er ein paar Jungs für die Tür suchte. Wir gingen zu dritt hin. Das war vor einem Jahr. Marcel und ich bekamen den Job. Seitdem ist der Mond unsere Sonne. Jede Nacht.

Karim bekam den Job nicht. Aber er hörte nicht auf zu trainieren, er wurde stärker als wir beide zusammen. Seine Enttäuschung kompensierte er mit hartem Training. Er wurde immer stärker und stärker.

Seit einem Jahr arbeiteten wir jetzt hier, und seit einem Jahr kam Karim uns besuchen. Jede Nacht. Donnerstagnacht, Freitagnacht, Samstagnacht, Sonntagnacht.

»Ja, genau«, meinte er, »seit einem Jahr bringe ich euch was zu essen, mal gebt ihr mir das Geld, mal nicht. Bekomme ich heute eigentlich was dafür?«

Marcel und ich schüttelten den Kopf. »Du kannst hier ein paar Getränke von uns haben.«

»Ich hab's gewusst! Das ist unfair!«

»Und?«

»Habt ihr mal mit dem Chef über mich geredet? Ihr beiden werdet immer größer und größer, und ich bleibe immer der kleine Scheißer an eurer Seite. Ich will auch was von eurem Kuchen.«

»Das stimmt doch gar nicht«, wiegelte ich ab.

»Doch, doch, doch«, Karim wurde hektisch. »Letztens, als wir am Kesselbrink waren beim Habibi, habt ihr beide ein Falafel-Bällchen mehr bekommen als ich, und den Tee hat er euch gebracht. Dann hat er von mir kassiert und von euch beiden nicht. Oder als wir uns die Haare schneiden lassen wollten, habt ihr bei Mustafa auch nichts gezahlt. Ich musste den vollen Preis abdrücken. Auf der Straße, wenn ich mit euch gehe, werde ich mit euch zusammen gegrüßt, und wenn ich alleine herumlaufe, kennt mich kein Schwein mehr. Ich bekomme nie einen Tisch, egal, in welchen Laden ich gehe. Mit euch bekomme ich alles. Ich will dasselbe wie ihr. Ihr werdet von Woche zu Woche immer bossiger, und ich bleibe immer der kleine Arsch, der euch die Cheeseburger bringen muss.«

»A propos, wo sind die scheiß Pommes?«, fragte Marcel. Karim verstummte. Aber hinter seiner Stirn brodelte es. »Jetzt guck nicht so«, sagte ich.

»O. k.« Er versuchte, ruhig zu bleiben. Marcel zwinkerte ihm zu. Karim rührte sich nicht. »Also gut«, meinte er und schaute mich an, »bevor du etwas sagst, hör mir zu: Ich bin nur zwei Jahre jünger als du, ich trainiere wie ein Stier, und dann legst du noch nicht einmal ein gutes Wort bei deinem Chef für mich ein. Ich bin dein Cousin, und du behandelst mich wie Scheiße. Hör mal, ich will auch wachsen. Helft mir doch dabei. Ich bin der beschissene Sohn von dem beschissenen großen Bruder deiner beschissenen Mutter. Und du behandelst mich wie einen Fremden.«

»Was meinst du dazu?«, fragte ich Marcel. Marcel schüttelte den Kopf. Seine Backen waren vollgestopft, und er gab uns zu verstehen, dass er gleich antworten würde. Die Zeit bis zu seiner Antwort zog sich hin, und Karim wurde immer ungeduldiger. »Ihr verarscht mich doch, ihr verarscht mich die ganze Zeit!«

Marcel rülpste laut. Dann nahm er seinen rechten Zeigefinger und klopfte sich dreimal an die rechte Schläfe: tock tock tock.

Karim explodierte: »Willst du damit sagen, ich bin zu bescheuert für diesen Job hier?«

Ich konnte mir das Lachen nicht verkneifen, ich musste

so heftig lachen, dass mir der Cheeseburger runterfiel. Marcel nahm einen großen Biss von seinem Hamburger, und Karim trat gegen den Hocker, auf dem ich saß. Ich versuchte, ihn zu beruhigen, aber das war zwecklos. Karim tobte: »Ich werde es euch schon zeigen, ich bin auch wer, ich kann es auch. Ihr denkt, ich bin dumm. Der Kleine. Ihr werdet es schon sehen!«

Marcel blieb ruhig. Nachdem er den Burger endlich aufgegessen hatte, wies er den tobenden Karim darauf hin, dass unten an der Kiwi-Bar zwei neue Mädels standen. Allein. Abrupt hielt Karim die Luft an. »Blond?«, fragte er.

»Die eine, und die andere kommt aus Burkina Faso.«

»Afrika?«

»Ja, Afrika«, sagte Marcel und grinste. Karim ging sofort in den Club runter, und für die nächsten paar Stunden hatten wir unsere Ruhe vor ihm. Ich hoffte, dass die Mädels ihm keinen Laufpass gaben. Ich wollte eine ruhige Nacht.

Bis 4.30 Uhr sollte alles entspannt bleiben. Bis Karim sich die falsche Frau ausgesucht hatte und drei Tommys rausprügelte. Er konnte weder bei der hübschen Blonden noch bei der aufregenden Burkina-Faso-Tussy landen. Aber der Hubschrauber war schon in der Luft, und irgendwann geht jedem Mann in der Nacht der Sprit aus, dann will er landen, egal wo, egal wie.

2 6.10 Uhr. Samstagmorgen. Ich hatte Marcel gesagt, dass ich nicht mit ihm nach Baumheide gehen würde, sondern zu Flo müsse. »Was willst du eigentlich von der?«, fragte er mich. Ich holte Atem, um es ihm zu erklären, doch er drehte sich weg, ohne die Antwort abzuwarten. Nicht, dass mir wirklich eine Erklärung eingefallen wäre. Nein. Es war mehr ein Reflex. Ein Freundschaftsreflex. Einander Rede und Antwort stehen. Das ist Freundschaft. Bei uns. Sagen, wohin man geht. Wann man zurückkommt. Mit wem man sich trifft. Und warum. Wer dabei ist. Warum irgendwer nicht dabei ist. Für einen Außenstehenden ist das nicht nachzuvollziehen. Oder für Einzelgänger. Aber es gibt Sicherheit. Hier in Baumheide. Kein Mensch da draußen macht sich Gedanken um einen. Nicht einmal die Eltern. Kein Lehrer. Niemand. Nur deine Freunde. Deine Freunde sind deine Familie. Deine Polizei. Deine Lebensversicherung. Zu wissen, dass jemand da ist, bei Tag und bei Nacht, kann dir irgendwann das Leben retten.

Vor wenigen Tagen erst hatten Marcel und ich uns darüber unterhalten, was man als Freund für den anderen so alles tun würde. Bei uns kam außer dem Sexding ziemlich viel zusammen. Mit dem Sexding meine ich Frauentausch oder einen Dreier. Marcel sagte ganz ruhig, dass, wenn jemand mir das Leben zur Hölle machen würde, egal ob Frau oder Mann, und ich dieser Person den Tod wünschen würde, es aber nicht durchziehen könne, er es für mich durchziehen würde und dem anderen für mich die Lichter ausknipsen würde, ohne Geld, nur aus Freundschaft zu mir, er würde zu demjenigen gehen und ihm eine Kugel verpassen, direkt zwischen die Augen, bumm, oder ihn abstechen, ratzfatz. Mir blieb die Spucke weg. Dann grinste Marcel. Ich konnte nicht unterscheiden, ob er mich auf den Arm nahm oder nicht.

Marcel war meine Lebensversicherung und ich seine.

Die Antwort, was mir Flo eigentlich bedeute, interessierte Marcel wahrscheinlich nicht wirklich. Irgendwie war ich dann auch froh, dass er in ein Taxi stieg und keine Antwort haben wollte. Dennoch dachte ich auf dem gesamten Weg darüber nach, was Flo mir bedeutete. Der Weg war kurz. Bevor ich eine Antwort hatte, stand ich schon vor ihrer Tür. In Bethel. Und hatte immer noch keine Antwort.

Vor einem Jahr war mein Vater gestorben. Vor sechs Monaten kamen Flo und ich zusammen. Gestern hatte ich Geburtstag. Der erste Geburtstag ohne meinen Vater. Von jetzt an würde alles in meinem Leben ohne meinen Vater sein. Geburtstage. Ferien. Weihnachten. Silvester. Zum Großvater konnte ich ihn auch nicht mehr machen. Alles veränderte sich um mich herum. Da war es gut, dass das Glashaus immer noch das Glashaus war. Der Ort, an dem ich vier Nächte in der Woche Geld verdiente. Das Glashaus blieb das Glashaus, egal, wer reinkam, egal, wer rausging. Egal, wer starb. Das Glashaus war meine Konstante.

In drei Minuten, sagte ich mir vor der Tür zu Flos Haus, liegst du bei ihr. Ich war acht Kilometer von Baumheide, von meinem eigenen Bett entfernt. Acht Kilometer sind gar nicht so viel, ich bekomme diese beiden Welten zusammen, dachte ich. So weit liegen sie gar nicht auseinander. Alles braucht seine Zeit.

Wie weit ich mich wirklich von Baumheide entfernen würde, sollte ich in ungefähr 58 Stunden herausfinden. Wie weit die beiden Welten auseinanderlagen. Dass ich nichts zusammenbekam.

Vor neunzehn Jahren wurde ich in Bielefeld geboren. Es war der 15. Juli. Ob es ein kalter oder warmer Tag war, weiß ich nicht. All die Fragen, die man als Kind so hat: ob die Sonne schien oder nicht. Was an diesem Tag noch passiert ist. Ob etwas passiert ist, das wichtiger war. Ob meine Mutter in der Nacht zuvor wusste, dass ich am nächsten Tag auf die Welt kommen würde. Wo mein Vater war. War er pünktlich? Wer hatte mich zuerst auf dem Arm? Ob Oma oder Opa dabei waren. Kurz: War es etwas Besonderes, dass ich das Licht der Welt erblickt habe, oder nicht? Hat die Welt, außer meiner Mutter, von mir Notiz genommen, oder nicht? Ich könnte meine Mutter fragen, aber das tue ich nicht.

Nicht, weil sie es nicht weiß, nein, sondern weil ich sie kaum danach frage, was früher war. Weil ich Sorge habe, dass es nichts Besonderes war, dass ich auf die Welt kam.

Weil ich nicht hören will, dass mein Vater zu spät kam, weil ihn sein Chef nicht eher gehen ließ. Oma und Opa kamen erst drei Tage nach meiner Geburt ins Krankenhaus. Die zweite Person, die mich auf dem Arm hatte, war eine polnische Krankenschwester. Bei Tischgesprächen mit der Familie schnappte ich hier und da ein paar Wahrheiten auf: Papa kam spät in der Nacht. Der Pförtner legte ihm nahe, am nächsten Morgen wiederzukommen, da seine Frau und sein Kind bestimmt schon schliefen. Mein Vater befolgte, was der Pförtner ihm sagte. Mich und meine Mutter zu wecken, nur um mich sehen zu können, nach so einem anstrengenden Tag, den wir und meine Mama ohne Zweifel hatten, brachte er nicht übers Herz. Morgen war ja auch noch ein Tag. Er lief voller Vorfreude wieder nach Hause, zu Fuß. Am nächsten Morgen meldete er sich krank, damit er zu mir und zu meiner Mutter konnte. Das habe ich Jahre später in einem Gespräch zwischen meinen Großeltern aufgeschnappt. Also, warum sollte ich fragen, wie es damals war? Fast zwanzig Kilometer ist mein Vater mir und meiner Mutter zuliebe zu Fuß durch die Gegend gelaufen. Aber sein eigenes Leben ist er nicht zu Ende gegangen. Mit meiner Mutter spreche ich nicht über die Vergangenheit. Kein »Mama, sag mal, wie war das damals?« oder »Kannst du dich noch daran erinnern? War das so, oder?« Einmal habe ich sie doch gefragt, aber sie hat geschwiegen. Stumm war sie. Dann hat sie kurz den Kopf geschüttelt. Stille. Sprachlosigkeit. Vielleicht war sie müde. Es war spät. Ich war gesprächig. Eine Laune in mir. Ich konnte mich nicht bremsen. Was ich aber sollte. Mutter wird abends immer stumm. Sie hatte an dem Tag drei Putzschichten hinter sich. Verständlich, dass sie schwieg. Dennoch: Das Kopfschütteln in diesem Moment, das vergesse ich nicht. Wie ein Branding ins Gehirn. Sie spricht nie darüber, was war. Sie ist froh, dass sie die Vergangenheit hinter sich gelassen hat. Dass die Zeit nach vorne fließt und niemals zurück. Alte Geschichten gibt es für sie nicht. Erinnerungen gibt es für sie nicht. Ich habe sie nie gefragt, warum das so ist. Vielleicht, weil ich ihre Antwort nicht hören wollte. Vielleicht, weil ich sie tief in meinem Inneren kenne. Die Vergangenheit ist ihr scheißegal. Die Bewältigung des Alltags hat all ihre Erinnerungen und Wünsche weggeblasen. Hauptsache, man hat überlebt. Bis hierhin. Und bekommt den nächsten Tag rum. Und macht weiter mit dem täglichen Kampf in Baumheide. Hofft, dass man nicht krank wird. Weil man dann nichts zu essen hat. Die Miete nicht zahlen kann. Weitermachen. Bis die Pumpe aufhört zu pumpen. Sie hängt an gar nichts. Ich hing an allem.

An meinen Freuden. An meiner Liebe. An meinem Boxtraining. An meinen Boxhandschuhen. An meinem beschissenen Springseil. Einmal hatte meine Mutter es verlegt, und ich hätte beinahe vor Wut ihre gesamte Küche auseinandergenommen. Ich hing an dem Sis-Kebab bei Hamit. An der Cola mit Bifı, dem Big Mäc, an der Pommes Schranke.

Meine Mutter hatte seit ihrer Geburt 4 000 Kilometer zurückgelegt. In Richtung Westen hatte sie sich bewegt. Und ich? Seit meiner Geburt bewegte ich mich im Umkreis von zehn Kilometern, ich war immer hier. Ich war nie weg. Weg von hier. Raus. Noch nie. Seit ich am 15. Juli, einem Dienstag, um 19.08 Uhr auf die Welt gekommen bin, im städtischen Krankenhaus von Biele-feld, im Nordosten von Nordrhein-Westfalen, BRD. Was bedeutet es meiner Mutter, dass ich da bin? Ich traue mich nicht, sie so etwas zu fragen. Lange Zeit hatte ich mir ein-gebildet, dass es etwas bedeutet, dass es mich gibt. Der Moment, in dem ich meine Bedeutungslosigkeit begriff, war, als mein Vater starb. Seitdem ging es bergab. Ich schmiss die Schule, schaute die ganze Zeit Fernsehen oder Filme, ging manchmal dreimal am Tag ins Kino. Vier Nächte arbeitete ich mit Marcel an der Tür. Geld verdie-nen. Meiner Mutter helfen, die sich ziemlich lange nicht bewegen konnte vor Kummer. Ein Kühlschrank füllt sich nicht von alleine. Die Miete wird weiterhin am ersten des Monats eingezogen, Strom und Wasser. Das ging sechs Monate so, bis Flo mich ansprach.

Mein Vater hieß Aris, und er war vierundvierzig, als er starb. Als ich geboren wurde, war er arbeitslos und schlug sich als Schwarzarbeiter durch. Am Tag meiner Geburt war er in Brake, auf dem Bau. Straßenbau. Schichtarbeit an der Autobahn A 2. Sie haben die Zubringerstraßen gebaut. Drei Schichten rund um die Uhr. Seine Schicht ging von 14 bis 22 Uhr. In dieser Zeit gab es für meinen Vater keine Kontinuität. Er arbeitete mal auf dem Bau, mal in einer Fahrradfabrik, mal in der Küche eines Schnellrestaurants. Oder gar nicht. Wenn er nicht arbei-tete, gewöhnte er sich das Trinken an, er mochte deut-sches Bier, Herforder Pils vor allem. Der Alkohol sollte ihn irgendwann das Leben kosten. Aber das wusste er noch nicht, als er auf den Geschmack kam. In Istanbul hat er nie getrunken. Da war er ständig mit seinen Freunden unterwegs. Hier war er auch ständig unterwegs, auf der Suche nach Freunden.

Meine Mutter hatte meinen Vater nicht geliebt. Anders als er sie, sonst wäre er nicht so viel durch die Gegend gelaufen an dem Tag meiner Geburt. Sie war siebzehn, als sie ihn kennenlernte und ihn heiraten musste, damit sie beide nach Deutschland gehen konnten. Ihre Eltern waren auch Armenier, wie die Eltern meines Vaters. Die Vorfahren meiner Mutter, väterlicherseits, stammen aus der Gegend um Kars. Als 1915 die große Jagd auf die Armenier begann, floh ihre Familie väterlicherseits in den Nordwesten der Türkei. Nach Sinop. So hieß die Hafenstadt an der türkischen Schwarzmeerküste, in der Opa später geboren wurde. Dann ging es weiter nach Istanbul. Dort lernte mein Opa meine Oma kennen. Dann kam meine Mutter zur Welt. Ich könnte an dieser Stelle versuchen, die ganze Grausamkeit, die meiner Familie widerfahren ist, aufzuzählen. Aber das ist für mich nicht mehr wichtig. Die Geschichtsbücher sind voll damit. Ich versuche nur, mein Leben jetzt hinzubekommen. Mich interessiert es nicht, wie und warum ein großer Teil meiner Familie getötet wurde, um ein großtürkisches Reich auf die Beine zu stellen. Ja, es war ein Völkermord. Ja, es sind 1,5 Millionen Armenier abgeschlachtet worden. Ja, dreizehn darunter waren Verwandte von mir. Die Vergangenheit ist ein Fluch der Armenier. Man wird sie nicht los. Auch meine Familie nicht. Auch Schweigen ist die Pest am

Arsch. Ich wollte nicht auf meiner Geschichte »klatschen« bleiben. Die Familie meiner Mutter hatte es voll erwischt, sie blieb ihr Leben lang in diesem Trauma gefangen. Wie eine Überdosis Ecstasy, die man genommen hat und auf ewig den Trip fährt.

Bei meinem Vater war es anders. Seine Familie lebte an der Grenze zu Georgien im Nordwesten Armeniens. Sie blieben von den Massakern verschont. Dennoch trieb es sie aus dieser Gegend fort. Es waren nicht die Türken, vor denen sie Angst hatten, sondern die Russen. Papas Eltern sind Ende der dreißiger Jahre nach Istanbul gegangen. Die Russen begannen, den Kaukasus mit strenger Hand zu führen. Die Religion war verboten und großer Privatbesitz wurde enteignet. Das ganz große kapitalistische Rad zu drehen war nicht mehr möglich. Das war nichts für meine Großeltern, die vom großen Geld träumten. Sie träumten von Istanbul, der Liberalität, den Kirchen, Moscheen und Synagogen und von dem friedlichen Miteinander, das dort in ihrer Vorstellung herrschte. Obwohl sie die Türken für grausam hielten. Und das waren sie. Das wusste Vaters Familie. Dennoch glaubten sie an ihre Zukunft in der Fremde. Istanbul war ihr Traum. Sie wollten dorthin und ihr Glück machen. Die Großeltern meines Vaters waren Händler, sie handelten mit Edelmetallen, Gewürzen, Teppichen und hassten die Kommunisten. Aber gleich in die Arme der Massenmörder? Istanbul schien es ihnen wert, sowohl der Familie meiner Mutter als auch derjenigen meines Vaters. Wer jemals in Istanbul war, kommt von der Stadt nicht mehr los.

Die Eltern meines Vaters zogen in das armenische Viertel in Istanbul, Ortakoy. In diesem Viertel lebte mittlerweile auch die Familie meiner Mutter. Aber meine Eltern waren sich als Kinder nie über den Weg gelaufen. Wahrscheinlich hätten sie sich auch nie kennengelernt, denn Ende der sechziger Jahre ist die Familie meiner Mutter nach Deutschland gegangen. Jeden Sommer kehrten sie nach Istanbul zurück, um Urlaub zu machen und sich von der harten Arbeit in Deutschland zu erholen. Und so trafen sich meine beiden Großväter im Sommer fast jeden Abend in einem Hinterhofcafé mit Bekannten zum Kartenspielen. In solcher Runde kam es auch mal vor, dass man über die Familie sprach. Obwohl man das nicht wollte. Denn eigentlich floh man vor der Familie in dieses Kaffeehaus. Man sprach über andere Frauen oder Politik. Die Familie blieb außen vor, war Privatsache eines jeden. Dennoch kamen sie darauf zu sprechen, dass ihre Kinder älter wurden und endlich aus dem Haus müssten. Der Vater meiner Mutter vertraute dem Vater meines Vaters. Aus einem einfachen Grund: Der Vater meines Vaters beschiss nicht beim Kartenspiel und verlor immer gegen ihn. So schnell kann man manchmal Punkte bei jemandem machen, obwohl man im Leben eigentlich immer verliert. So kam es, dass der Vater meiner Mutter seine Tochter, also meine Mutter, dem Vater meines Vaters, also für meinen Vater, anbot. Der Vater meines Vaters nahm das Angebot an.

Die Eltern meiner Mutter arrangierten ein Treffen, bei dem meine Mutter meinen Vater zum ersten Mal sah. Sie war siebzehn und mein Vater einundzwanzig. Mein Vater fand meine Mutter hübsch, meine Mutter fand meinen

Vater höflich. Er hatte saubere feine Hände, erwähnte sie Jahre später, und er sah sehr gepflegt aus. Mehr brauchte es nicht, dachte ich.

Und so zog mein Vater nach der Hochzeit mit der Familie meiner Mutter nach Deutschland.

Als ich zwölf Jahre alt war und eines abends mit meiner Mutter im Wohnzimmer vor dem Fernseher saß und wir so durch die Programme zappten, fragte ich nach einer Weile, was sie sich eigentlich gewünscht hatte, einen Jungen oder ein Mädchen. Ein Mädchen, sagte sie, weil ein Mädchen bei ihr bleiben würde und sie pflegen würde, wenn sie alt und schwach wäre, so seien Töchter nun mal. Ein Junge würde irgendwann weggehen und alles stehen- und liegenlassen, jeden vergessen und an nichts mehr denken als an die weite Welt da draußen. Auf einen Sohn sei nie Verlass, das wisse sie genau, weil sie drei Brüder habe und keiner von ihnen auf die Oma achtgebe. Der große Bruder wolle nur so schnell wie möglich das Haus in Istanbul verkaufen, der zweite die Wohnung in Istanbul zu Geld machen, und der jüngste sei abgehauen nach Amsterdam. Ich werde auch bestimmt abhauen, das wisse sie genau, das sei nur eine Frage der Zeit. Am liebsten hätte sie noch ein Kind gehabt, eine Tochter, aber das war nicht möglich. Da, schon wieder dieses Branding. Meine Mutter ging in die Küche, ich nahm die Fernbedienung in die Hand und zappte durch die Kanäle. Bis das Brennen aufhörte, bis sich alles in mir wieder beruhigte.

Meine Mutter ist das dritte von insgesamt vier Kindern. Sie hat zwei ältere Brüder und einen jüngeren. Ihr ältester Bruder heißt Artin und ist ihr Stiefbruder. Der zweitjüngste heißt Kevork. Der jüngste, Vram, hatte am längsten bei meiner Oma und bei meinem Opa gewohnt, nachdem alle ausgezogen waren. In Bielefeld. Es waren bestimmt noch sechs Jahre, die er bei Oma und Opa blieb. Das Nesthäkchen.

Ich erinnere mich daran, dass früher alle eng zusammenlebten, in der Altbauwohnung, die mein Großvater gemietet hatte, als sie Ende der sechziger Jahre nach Deutschland gekommen waren. Damals gab es den Stadtteil Baumheide noch nicht. Es gab zwar schon den Namen, aber nicht die Plattenbausiedlung. Sie wurde erst in den siebziger Jahren gebaut, vorher war das Gebiet Ackerland. Es gab dort Rieselfelder, die von den Bauern aus dem Landkreis Milse mitbestellt wurden. Am Rand der Felder lag ein kleiner Wald. Bis die Stadt in den siebziger Jahren dieses Land aufkaufte, eine Müllverbrennungsanlage und ein Klärwerk hinstellte. Drumherum die Wohnsiedlung. Meine Mutter und mein Vater, die in den ersten Jahren ihrer Ehe bei den Eltern meiner Mutter in der Altbauwohnung gelebt hatten, zogen nach meiner Geburt in diesen neuen Stadtteil, weil mein Vater in der Gebäudereinigungsmannschaft der Müllverbrennungsanlage Arbeit bekam. Nach kurzer Zeit verlor er den Job, aber wir blieben trotzdem dort wohnen, weil die Miete bezahlbar war.

Nachdem alle bei Oma und Opa ausgezogen waren, sahen sie einander immer seltener. Der tägliche Kampf ums Brot war so anstrengend, dass kaum Zeit für Familienbesuche war. Wenn man frei hatte, blieb man in seinen eigenen vier Wänden, sparte sich das Geld für Bus oder Taxi. Man lud kaum jemanden ein, damit man die Gäste nicht bewirten musste. Kälte zog ein zwischen den Geschwistern. Die Armut zwang sie, die Verbindungsseile zu kappen, damit der eine den anderen nicht mit in den Abgrund zog. Das Sich-Entfernen ist ein Teufelskreis, Scham und Versagen ziehen einem die Schlinge um den Hals immer enger. Niemand hatte Lust, den anderen zu treffen. Worüber hätte man reden sollen? Dass man schon wieder den Job verloren hatte? Dass man schon wieder die Miete nicht zahlen konnte?

Dass es ein Fehler war hierherzukommen? So wurden die Räume zwischen den Geschwistern und Eltern immer größer. Die Lücken zwischen ihnen waren kaum zu füllen. Es ist schwer, die Nähe zu seinen Geschwistern und Eltern aufrechtzuhalten, wenn es einem in der Fremde nicht gutgeht und man ständig versucht, im nächsten Monat irgendwie über die Runden zu kommen.

Meine Großmutter klagte manchmal: Ach, in Istanbul haben wir alle in einem Haus gelebt. Ach, da haben wir uns nie gestritten. Ach, da war es eigentlich so eng, aber wir alle hatten trotzdem so viel Platz. Ach, wir hätten Istanbul niemals verlassen sollen, niemals nach Bielefeld gehen sollen. Ach. Ach. 1961. Von Istanbul nach Bielefeld. Ach. Ja.

Es fing eigentlich ganz gut an. Als sie ankamen, mieteten meine Großeltern eine Wohnung, die zweimal so groß wie unser Haus in Istanbul war. Fließendes Wasser. Warmes Wasser. Wasserdichte Fenster. Ein wasserdichtes Dach. All das, was es in Istanbul nicht gab. Größere Räume.

Größere Probleme. MORE MONEY MORE PROBLEMS. Jetzt ging es nur noch darum, Geld zu verdienen. Wer machte mehr Geld. Wer gab den Eltern mehr ab von dem Geld, das er verdiente. Meine Mutter und mein Vater fühlten sich schnell unter Leistungsdruck. Eigentlich alle. Arbeiten, arbeiten, bis einem die Augen herausplatzten. Wenn das Wetter einen wenigstens entschädigt hätte. Aber keine Chance. Istanbuls Sonnenkinder wurden steif im Bielefelder Eisregen, der sich von Zeit zu Zeit über die Stadt legte. Das war ein Schock, davon hat sich keiner erholt.

Samstag. 23.23 Uhr.
50 CENT IST EIN GOTT.

YOU CAN FIND ME IN THE CLUB
BOTTLE FULL OF BUB
LOOK MAMI I GOT THE X IF YOU INTO TAKIN DRUGS
I'M INTO HAVIN SEX I'AINT INTO MAKIN LOVE
SO COME GIVE ME A HUG
IF YOU INTO GETTIN RUBBED

Die Nacht von Samstag auf Sonntag verlief ruhig. 3.30 Uhr.
An der Tür hatte ich angefangen, auf Bierdeckel zu schreiben. Das war ungefähr vor einem Jahr. Kurz nachdem Papa gestorben war. Kurz nach seinem Tod hatte ich den Job hier an der Tür bekommen. Es war mein damaliger Boxtrainer, der mir diesen Job vermittelte. Ob ich etwas Geld gebrauchen könne, ob ich mir was dazuverdienen wolle? »Ja klar,« meinte ich. »Immer.« Ich glaube, er wollte

mir helfen, weil er natürlich den Tod meines Vaters mitbekommen hatte. Bald nach dem Tod meines Vaters ging ich
nicht mehr zum Boxen. Ich bekam meine Arme nicht mehr
hoch. Fäuste zu ballen fiel mir auch schwer. Irgendwie bekam ich sie nicht zu. Die Fäuste. Wie willst du boxen, wenn
du deine Fäuste nicht mehr ballen kannst? Wie willst du
kämpfen und zuschlagen, im Ring stehen, wenn du dich
nicht bewegen kannst? Ich vernachlässigte das Essen und
verlor viel Gewicht. Bis zu Vaters Tod hatte ich mich gut
entwickelt, gute Veranlagungen gezeigt, hatte mein Trainer gesagt. Ich hätte, wenn ich so weitergemacht hätte, ins
Schwergewicht gehen können.

Mein Trainer kam ursprünglich aus Sri Lanka, er war
Mitte fünfzig, und sein Name war Amar Sunit. Aber wir
alle nannte ihn Sammy. Den Spitznamen hatte er von
Sammy Davis Junior, weil er genauso drahtig und beweg-
lich war wie der schwarze Soul-Sänger aus Amerika in
den Sechzigern. So bewegte er sich durch den Raum in
seiner Jugend. So wurde er immer schon von allen gerufen und genannt. Auch aus ihm hätte ein Weltmeister
werden können, wenn nicht dieser ständige Bürgerkrieg
in Sri Lanka ihm alles zunichte gemacht hätte. Aufgrund
des Bürgerkriegs flohen er und seine Familie nach Deutschland. Hier beantragten sie politisches Asyl und bekamen
etwas später die deutsche Staatsbürgerschaft. Der Bürgerkrieg in Sri Lanka war ein bewaffneter Konflikt zwischen
tamilischen Separatisten auf der einen Seite, zu denen
gehörten er und seine Familie, und auf der anderen Seite
stand das sri-lankische Militär. Er sagte immer zu mir, die
Tamilen seien so was wie die Armenier im Ersten Welt-

krieg in der Türkei. Eine Minderheit, die versucht, ihre Kultur zu bewahren. Irgendwie fühlte er sich mir verbunden, und es stimmte ihn sehr traurig, dass ich nicht mehr zu seinem Training kam. Als er von dem Tod meines Vaters erfuhr, vermittelte er mir diesen Job, weil der Clubbesitzer immer wieder aus Sammys Boxstall Türsteher rekrutierte. Sammy kam auf mich zu und machte aber zur Bedingung, dass ich mindestens einmal die Woche zu ihm zum Training komme. Ich willigte ein, aber ich hielt mich nicht an die Abmachung. Sammy war nicht nachtragend, ich wusste, dass er mich verstand. Boxen war nichts mehr für mich. Ich hatte keinen Biss mehr. Ich nahm kein Gewicht mehr zu. Kein Appetit. Kein Hunger mehr. Um zu Boxen musst du hungrig sein. Immer Appetit haben. Alles fressen wollen, jeden, ständig. Meine Boxhandschuhe verschenkte ich an einen kleinen Jungen aus der Nachbarschaft, die Bandagen und das Springseil auch. Nur meinen Mundschutz behielt ich. Ab und zu nahm ich ihn in den Mund. Er passte mir immer noch ganz gut. Dann gingen mir dir Bilder durch den Kopf. Der Moment, als Sammy mich zum Spaß mit einem Schwergewichtler in den Ring steckte. »Du wächst nur am Widerstand«, sagte er. »Je stärker der Widerstand, desto stärker wirst du.« Nun stand ich da mit einem Schwergewicht mir gegenüber. Ich selber war noch nicht mal Halbschwergewicht. Sein Name war Steve, Engländer, von der Royal Army, 1,98 Meter groß, fast 2½ Köpfe größer als ich, schwarz, 115 Kilo und 15 Jahre älter als ich. Und: Er verprügelte mich nach Strich und Faden. Jedes Mal wenn ich mich, um Luft zu holen, in die Seile rettete, hörte ich Sammy rufen: »Mach im Ring niemals nur eine Sache. Sei nie ganz passiv oder nie ganz aktiv. Sei immer von beidem etwas. Wenn du angreifst, denk auch an deinen Rückzug. Wenn du im Rückzug bist, dich verteidigst, denk immer auch an deinen Angriff.«

Ich war nicht in der Lage, das umzusetzen, und Steve drosch unvermindert auf mich ein. Ich wusste noch nicht mal, ob Sammy das zu mir oder zu Steve sagte. Zwischen den Schlägen musste ich immer wieder lachen. Steve schlug mir meinen Verstand aus dem Körper. Angriff! »Angriff!« Ich konnte nicht gemeint sein, dachte ich, denn ich war ständig im Rückzug, in der Verteidigung. Steve drosch auf mich ein, ich nicht auf ihn. Von Abbruch keine Spur. Sammy wollte, dass einer von uns beiden k. o. ging. Alle im Raum hörten auf zu boxen und schauten uns zu. In diesem Moment wusste ich, dass ich es sein würde, der zu Boden ging.

»Verteidigung!« »Angriff!« Geschrei. Klammern. Lachen. Klopfen. Klatschen. Sammys Anweisungen, an wen auch immer: »Verteidigung! Angriff!« Mein Gehirn verwandelte sich in Tomatenpüree. Alles verschwamm im Kugelhagel von Steves Fäusten.

Doch dann, in einer Bewegung, die eindeutig eine Verteidigungsbewegung von mir war, denn ich duckte mich nach einem linken Schwinger von Steve, hob ich meinen rechten Arm und ließ ihn durch meine hinunterschwingende Körperbewegung, die Fliehkraft der Gelenke nutzend, samt geballter rechter Faust nach außen fliegen. Bumm. Meine rechte Faust traf Steve direkt am Kinn. Steve taumelte, stolperte und fiel, langsam wie ein

Baumstamm, der gerade gefällt wurde, zu Boden. Ich hörte meinen Atem und sah Steve in voller Länge vor mir liegen. Seine Augen waren zu. Mit einem Engelsgesicht, völlig entspannt, lag er vor mir. Dann drehte ich mich zu Sammy, der ein Lächeln im Gesicht hatte. Das sei die Kunst, sagte er, zwei Dinge, die nicht miteinander vereinbar sind, zu vereinen. Das Unmögliche möglich machen.

Das, was ich jetzt noch von dieser Zeit habe, ist dieser Mundschutz, der in meinem Zimmer liegt. Den ich mir ab und zu in den Mund stecke. Doch auch diese Erinnerung half mir nach dem Tod meines Vaters nicht, mich zu bewegen.

Ich wurde nicht zu Sammys Sohn. Er nicht mein Vater. Die Begegnung zwischen Sammy und mir endete mit dem Job. Dem Job an der Tür. Den ich behielt.

In den Nächten fing ich an zu schreiben, um wach zu bleiben. Marcel und ich hatten uns schließlich nicht immer was zu erzählen. Gegen 3 Uhr war die Müdigkeit am stärksten. Marcel tippte auf seinem Handy rum. Löschte Kurzmitteilungen. Zockte Spiele. Ich hasste Spiele. Ich konnte die Augen kaum offen halten. Da half auch keine laute Musik mehr. Im Gegenteil. Je später der Abend, desto stumpfer wird das Gehör. Gegen halb sechs morgens, kurz vor Schluss, hörte ich gar nichts mehr. Stille. Nur noch ein dumpfes Wummern ganz weit hinten an der Schädeldecke. Ich nahm keine Sprache, keinen Geruch, keinen Geschmack mehr wahr. Deutsche oder türkische Worte, Parfüm oder Gestank, Kaffee oder Bier. Nichts. Alles fad. Grau. Alles gleich bedeutungslos. Diese Betäubung im Körper kann süchtig machen. Ich wurde es. Nacht für Nacht. Donnerstag, Freitag, Samstag, Sonntag. In jeder Nacht, die ich da stand. Am Tag spürte ich manchmal, dass mir das fehlte. Ich wartete auf die Nacht. Die betäubende Müdigkeit ist eine Droge. Ich musste das ändern. Irgendwann. Aber nicht jetzt. Alles um mich herum ein dumpfer, dunkler, klebriger Brei, und ich stecke mittendrin. Ich schaffe es gerade noch zu atmen. Nach vier Atemzügen muss ich husten, weil sich der Schleim aus Rauch, Parfüm und Schweiß in meinem Rachen absetzt. Ab und zu spucke ich vor die Tür. Zur Seite. Niemals nach vorne. Damit kein Gast in die Spucke tritt, die er dann mit hineinnimmt, die ich dann wieder aufwischen muss. Meine Augen hören auf, Lichtquellen wahrzunehmen. Farben verwischen. Hell und Dunkel, sonst ist alles um mich herum grau. Ich sehe nur noch Konturen. Graue Schatten. Menschen erscheinen wie Geister. Das ist mein Trip. Nacht für Nacht. Ich fühle mich nicht lebendig, aber auch nicht richtig tot. Ich stecke tief in einer Zwischenwelt, in einer Welt zwischen schlafen und wach sein, zwischen hier und dort, drinnen oder draußen, alles scheißegal. Keine Ahnung, wo ich mich befinde. Da hilft auch kein Schritt nach draußen. Frische Luft. Bewegung. Nein, ich bin und bleibe auf meiner Intensivstation, an der Kasse im Eingangsbereich. Das überlebe ich schon irgendwie. Der Mensch ist zäh. So einfach bekommt mich niemand. Schon gar nicht diese beschissene Nacht, die versucht, mir die Seele aus meinem Leib zu rauben. Die Seele aus dem Leib rauben, ja, das können sie alle ruhig versuchen. Meine Seele aus dem Körper zu nehmen, das wird keiner schaffen. Ich bin nicht auf die Welt gekommen, damit mir irgendjemand die Seele raubt. Ich bin nicht hier, um einfach aufzugeben.

Wenn du alles verlierst, woran du glaubst, wenn du nicht verstehst, warum du hier in einer so beschissenen Gegend, ohne Geld, ohne ein Zuhause, ohne Wurzeln geboren wurdest, gibt es genau zwei Wege: Entweder, du wehrst dich nicht und stirbst, gehst ganz einfach vor die Hunde, oder du gehst raus und erzählst, was los ist. Es muss einen geben, der spricht. Es muss einen geben, der Silben, Worte, Sätze findet und dieser Ungerechtigkeit eine Sprache gibt. Sprache löst aus der Isolation. Denn es muss mehr Menschen geben, die wie du in einem klebrigen, schleimigen, warmen Teig stecken und nicht rauskommen, die aber rauskommen wollen, nach oben wollen, davon musst du erzählen, wie es ist, zwischen drinnen und draußen, nicht tot, nicht lebendig, ein Zombie, und da draußen ist das Leben. Seelenlos steckst du hier auf dieser Türschwelle fest und hoffst, dass sich etwas ändert. Aber da wird sich nichts ändern, niemand wird kommen und dich aus dieser klebrigen Scheiße herausholen, solange du dich nicht selber an deinen eigenen Haaren rausziehst. Entweder ziehst du dich hier raus, oder du versinkst bedeutungslos im Sumpf der Geschichte. Peng. Aus. Vorbei. Stopp.

Aber nein. Dann hältst du inne und holst aus und fängst an zu schlagen. Du rufst all deinen Brüdern und Schwestern zu, deinen Müttern und Vätern, in diesem Land, in dieser Welt, in den Vororten, Trabantenstädten, Plattenbausiedlungen, Ghettos, rufst allen Verlassenen dieser Republik zu: Die Zeit ist gekommen. Du schreist: Hier ist jemand, der nein sagt. Hier ist jemand, der nicht mehr alles hinnimmt. Hier ist einer, der den Mund aufmacht. Hier ist einer, der sich nicht stoppen lässt durch Bulldozer, durch schusssichere Westen, durch Wasserwerfer, durch Gummigeschosse. Nein. Es hämmert in deinem Kopf. Deine Gedanken sind Dumm-Dumm-Geschosse, die deine Schädeldecke zertrümmern und dein Hirn befreien! Deine Gedanken sind Goldmünzen! Das ist das Kapital, das deine Freiheit nährt! Du weißt, dass deine Armut dich bis auf dein Rückenmark ausgezogen hat. Der Angreifbare greift an! Hier ist einer, der euch nicht vergessen hat. Wir alle sind vergessene und verbrannte Kinder. Kinder, die man in einem dunklen Raum eingesperrt hat und der eigenen Asche überlassen hat. Die kulturelle Identität geraubt hat. Ich sage euch, wir dürfen uns nicht vergessen. Lasst uns aufstehen, lasst uns auf die Straße gehen. Alles gehört uns. Nehmt euch das, was ihr wollt. Niemand wird uns hindern. Einen von uns können sie bekommen, aber diesem einen werden Hunderte, Tausende folgen. Man kann uns ignorieren, aber nicht aufhalten. Heute. Hier. Jetzt. City-Loft. Stilaltbau. Toskana-Orange. Parkettböden. Soma für die Sinne. Extra dry. Barfuß durch die Savanne. Lindenblütentee. Ein frisch gemähter Rasen. Seid gewarnt, Ihr Bürger: Eine Horde Wilder, Verlassener wird über euch herfallen, ohne Glauben. Aber mit einem unsäglichen Hunger. Sie werden euch verbrennen, euch in Eis verwandeln. Es geht nicht um Christen, Moslems, Juden, Buddhisten. Es geht um SEIN ODER NICHT SEIN.

Doch dann hältst du inne und deine Gedanken hören auf, an deine Schädeldecke zu schlagen. Deine Goldmünzen fallen in einen tiefen Abgrund.

Ich will am liebsten nur noch in mich zusammensacken. So muss es sein, wenn man stirbt, alles egal, alles scheißegal, alles hört auf um mich herum, sterben, nicht mehr atmen, und dann nichts. Gegen das Nichts: schreiben, gegen die Müdigkeit, nicht schlafen, schreiben, auf Bierdeckel, zu Hause auf Papier, in eine Schublade, da liegt mein Leben drin, mein Kampf gegen die Müdigkeit in der Nacht. Wenn alle aufgeben, mache ich weiter, wenn es ganz dunkel um mich herum wird, fange ich erst recht an. Ich schreibe, du und ich sind kleine Sterne in diesem Universum, wo es dunkel ist. Ich will nicht schlafen, ich mache weiter, weitermachen, bis 6 Uhr, bis es zu Ende ist, bis einer da oben sagt: Schluss, aus, vorbei, bis der Chef da oben sagt: Genug, mein Junge, jetzt kannst du nach Hause gehen, hier hast du dein Geld, du hast gute Arbeit geleistet, du hast dir dein Paradies verdient, deine Heimat, dein Zuhause, wir machen jetzt das Licht an, und die Nacht ist zu Ende. Das Licht, das Licht der Sonne, bis zum Ende mache ich weiter, vorher steige ich nicht aus, es ist erst vorbei, wenn alles vorbei ist.

Karim wollte ganz nach oben. Das wollte er immer schon.

Ein paar Dinge zu meinem Cousin: Karim. Karim ist ein arabischer Name. Karim ist der älteste Sohn des zweitältesten Bruders meiner Mutter, Kevork. Kevork hatte im Urlaub sein Herz in Istanbul an ein türkisches Mädchen verloren, was ihm einen heftigen Streit mit meinem Opa einbrachte. Das türkische Mädchen war aber so sehr in meinen Onkel verliebt, dass es seinen islamischen Glauben ablegte und zum Christentum übertrat.

Meine Tante wurde Christin, und als Gegenleistung bekam mein Cousin den Namen Karim. Mein Opa konnte die Heirat dennoch nicht akzeptieren und verweigerte seither den Kontakt. Karim wiederum war nicht ein einziges Mal in seinem Leben in einer Kirche, und auch die religiösen Festtage feierten seine Eltern und er nicht mit der Familie, aus Trotz gegen meinen Opa. Auch Karims Mutter hatte sich von ihrer Familie getrennt. Ihre Heirat mit einem Christen hatte zum Bruch mit ihrer türkischen, muslimischen Familie geführt. Mein Opa sprach mit diesem Familienzweig kein Wort mehr, meine Oma resignierte. »So war dein Opa früher nicht«, sagte meine Oma manchmal. Damals war er anders. Als mein Opa meine Oma, Maria, heiratete. Oma stammte aus einer Familie sephardischer Juden. Sie waren vor 400 Jahren aus Spanien ins osmanische Reich ausgewandert. Sie ließen sich in dieser Zeit in Istanbul nieder. Die katholische Kirche hatte sie aus Andalusien vertrieben, und der osmanische König gab den sephardischen Juden, unter ihnen die Familie meiner Oma, im osmanischen Reich Asyl. Deshalb lebte ihre Familie schon viel länger in Istanbul als die Familie meines Großvaters, die aus Sinop kam. Viel wusste ich über Oma und Opa nicht. Ab und zu schnappte ich etwas auf, bei einem gemeinsamen Essen mit der Familie oder beim Fernsehen, wenn sich meine Mutter und mein Vater unterhielten. Aus meiner Mutter bekam ich kaum was raus. Sie war wie ein schwarzes Loch, in dem wie das Licht die Vergangenheit verschwand. Jede Erinnerung, jedes Bild, das ganze Wissen um unsere Familie sog sie in sich auf und ließ es verschwinden. Mir zuliebe, meinte sie, wolle sie nichts erzählen. Ich solle nach vorne schauen und nicht zurück. So sampelte ich mir unsere Vergangenheit zusammen, von Familientreffen zu Familientreffen und von Fernsehabend zu Fernsehabend. Während die anderen spielten, saß ich die meiste Zeit mit am Tisch und hörte zu. Stellte keine Fragen, nahm an keiner Diskussion teil, stattdessen spitzte ich meine Ohren, und mein Kopf nahm jede Information wie ein Schwamm auf. Oma war Opas zweite Frau, da seine erste Frau, eine »waschechte« Armenierin, ihn verlassen hatte, als er in den vierziger Jahren zwei Jahre im Gefängnis saß. Mein Großvater hatte einen Mann erschlagen. Das war in einem Vorort von Istanbul geschehen. Notwehr soll es gewesen sein. Sagt meine Familie. Eines Nachts auf dem Rückweg nach Hause lauerten ihm ein paar Männer auf, die sein Geld haben wollten. Sagt man. Er wehrte sich und schlug zu. Dabei starb einer. Die anderen hauten ab. Am selben Abend wurde er noch festgenommen. Eigentlich hätte er freigesprochen werden müssen, aber das türkische Gericht verdonnerte ihn zu 24 Jahren. 24 Jahre für Notwehr? Ich konnte das nicht glauben. Mein Großvater kam nach Imrali. Das ist eine Insel im türkischen Marmarameer. Dort befindet sich ein Gefängnis nur für politische Gefangene. Notwehr? 24 Jahre? Armenier? Das geht nicht. Nicht zu dieser Zeit. Das Gericht sah keine Notwehr. Das Gericht wertete Großvaters Tat nicht als Notwehr, sondern als eine politisch motivierte Handlung. Da bei dieser Auseinandersetzung ein Türke ums Leben gekommen war. Mein Großvater sollte dennoch Glück im Unglück haben. Zwei Jahre später putschte das Militär gegen die türkische Regierung, und alle Urteile, die zu einer Gefängnisstrafe auf dieser Insel geführt hatten, wurden noch mal aufgearbeitet. Es sollte begonnen werden, den inneren gesellschaftlichen Frieden wiederherzustellen. Die politischen Gefangenen wurden begnadigt. Die Notwehr meines Großvaters anerkannt. Er erhielt als Entschädigung sogar etwas Geld. Mein Großvater und mit ihm zusammen alle politischen Gefangenen der Insel, Kurden, Armenier, Griechen und Kommunisten, kamen frei. Das Militär wollte einen Neuanfang für die Türkei. Nach dem Tod des Gründervaters der Republik, Kemal Atatürk, gab es fast alle zehn Jahre einen solchen Putsch des Militärs. Die Türkei ist eine aus vielen ethnischen Gruppen zusammengesetzte Republik. Jede Regierung hatte es schwer, und das Militär machte es sich zu oft einfach. Die Regierung und das Militär rangen und ringen um diese Republik, die Leidtragenden waren und sind die Bürger und die ethnischen Minderheiten. In diesem Fall aber kam der Putsch zum richtigen Zeitpunkt für meinen Opa. Denn der Putsch rettete ihm sein Leben. Er war frei und freute sich, sein Leben zurückbekommen zu haben. Sogar mit ein wenig Geld in der Tasche. Als er aus dem Gefängnis zurückkehrte, war allerdings seine Frau weg. Seine erste Frau verliebte sich, während er im Gefängnis saß, in einen amerikanischen Marine-Soldaten, der in Istanbul stationiert war. Er arbeitete bei der amerikanischen Botschaft und ging oft zum Mittagessen in das Lokal, in dem die Frau meines Großvaters an der Kasse saß.

Dort verliebten sie sich ineinander. Kurz bevor mein Opa aus der Haft entlassen wurde, verschwand sie mit ihm nach Texas, sie ließ den Sohn aus der Ehe mit meinem Großvater zurück. In Texas soll sie bis heute mit dem Ami leben und glücklich sein. Mein Großvater nahm seinen Sohn zu sich. Dann traf er Maria, die meine Oma werden sollte. Sie war das schönste Mädchen von Istanbul, behauptete mein Opa. Für dieses jüdische Mädchen hätte er jede Frau stehenlassen und jeden Glauben abgelegt. Kriege hätte er für sie geführt. Doch sie war es, die für meinen Opa zum christlichen Glauben konvertierte. Sie war es, die mit ihrer jüdischen Familie brach und sich aus Liebe für meinen Opa entschied. Sie war es, die meinen Opa so liebte, dass es ihr nichts ausmachte, dass er schon ein Kind von einer anderen Frau hatte. Sie nahm dieses Kind an, und gemeinsam zeugten sie drei weitere: Kevork, meine Mutter und Vram. Und dann?

Dieser Opa hatte dann ein Problem damit, dass sein Sohn eine Türkin heiratete. Das nennt man Paradoxon. Aber mein Onkel hielt zu seiner Frau, und Karim wurde geboren. Mein Opa ignorierte es. Als zwei weitere Kinder folgten, löschte er diese gesamte Familie aus seinem Gedächtnis. Meine Oma litt sehr unter der Härte meines Großvaters. Dennoch versuchte sie, ihn zu verstehen. Immerhin waren es in seinen Augen »die Türken«, die ihn ins Gefängnis gesteckt hatten, wegen ihnen hatte er seine erste Frau an einen amerikanischen Marine-Soldaten verloren. Er musste sich alleine mit seinem Sohn durchschlagen. Hätte er nicht meine Oma getroffen, die so verliebt in ihn war, dann hätte er sich erhängt. Das sagte er immer und immer wieder. Ich schnappte das jedes Mal auf, wenn wir beisammen saßen beim Essen und meine

Oma anfing, von ihrem Sohn zu sprechen, der ihr in dieser Runde sehr fehlte. Aber Opa war hart gegen sich und jeden anderen. Denn in jener Zeit war es auch für einen Mann mit einer Vorgeschichte, wie sie mein Opa hatte, eigentlich unmöglich, eine Frau zu finden, die sich auf ihn einlassen würde. In dieser Zeit gelang so etwas nur dem griechischen Reeder Onassis, mit einem Kind und trotz seiner Straftaten, eine zweite Frau zu finden, aber der hatte auch Milliarden auf dem Konto, und mein Opa: nichts. Während andere bei null wenigstens losrennen konnten, musste er bei minus 100 anfangen. Schuld daran waren »die Türken«. Die einzige Person, der er sich zu Dank verpflichtet fühlte, war Maria, die ihn gerettet hatte, meine Oma. Und jetzt wollte sein Sohn ein türkisches Mädchen heiraten. Da blieb ihm die Luft weg. Mein Onkel fühlte sich missverstanden. Was hatte er mit der Vergangenheit seines Vaters zu tun und was konnte seine türkische Frau dafür? Aber solche Gedankengänge waren für meinen Opa esoterischer Scheiß. Wie gesagt, mein Opa konnte kalt sein. Oma hoffte, dass dieser Charakterzug auf keines ihrer Kinder oder Enkel überging. Aber je mehr ich von diesen Geschichten und Opas eigentlichem Charakter erfuhr, desto klarer wurde mir, dass Karim auf dem besten Wege war, dieselbe Härte gegen sich und die anderen zu entwickeln wie Opa. Also in Opas Fußstapfen zu treten. Opa ging diesem Teil der Familie aus dem Weg. Karim besuchte seine Großeltern kaum, oder andere Teile der Familie. Dennoch schien Karim das Spiegelbild von Opa zu werden. Oma spürte das, und sie hing sehr an Karim, mehr als an mir. Wessen

Spiegelung aus der Familie ich werden sollte, war noch nicht so klar. Aber ich machte mich bereit. Ich spürte, dass unsere Familie von Spiegelungen und Parallelen durchgezogen war. Jeder, der versuchte auszubrechen, wurde für immer ausgestoßen. Gemeinsame Traumata schweißen eine Familie zusammen. Unsere Familie war verklebt. Meine Oma wusste, dass das Verhältnis zwischen diesen beiden Familienteilen eine Zeitbombe war, die nur darauf wartete zu explodieren. Wann der Knall kommen würde und wer ihn auslösen würde und was er zerstören würde, das wusste keiner. Deshalb bat sie mich immer wieder, ein Auge auf Karim zu haben und auf ihn aufzupassen.

Karim fühlte diese Kälte unseres Großvaters. Oma und mir gelang es nicht, Opa zum Glühen zu bringen. Mit den Jahren entfernte sich Karim immer weiter von seiner Familie, von Opa, von seinen Eltern, den Cousins. Sogar mit seinen zwei jüngeren Schwestern gab er sich nicht mehr ab. Nur ich wurde immer wichtiger für ihn, ich war älter und hatte mich schon längst von der Familie verabschiedet. Mein Leben spielte sich auf der Straße ab und im Nachtleben.

Karim folgte mir auf die Straße. Aber bei ihm wurde alles viel obsessiver. Alles, was ich tat, begann er zu toppen. Er fing an, länger auszugehen als ich, mehr Straßen unsicher zu machen als ich, mehr Frauen flachzulegen als ich, wobei bei mir das Frauen-Flachlegen komplett aufhörte, als Flo in mein Leben trat und ich mich in sie verliebte. Ich war richtig verknallt und wollte nur sie. Für Karim war Sich-Verlieben ein Zeichen von Schwäche. Da

lächelte er nur, wenn er mich sah, wie ich mit Flo telefonierte. Wie Verliebte dann so halt sind am Telefon. Total
gaga. Total love-stoned.

Karim begann, mehr Clubs in Ostwestfalen-Lippe zu
besuchen als ich und mit viel weniger Schlaf auszukom-
men als ich.

Während ich versuchte, meine Mutter nach dem Tod
von Papa hier und da bei Kleinigkeiten im Haushalt zu
unterstützen, ging Karim nur nach Hause, wenn er mal
kein Geld hatte, sich etwas zu essen zu kaufen. Oder zum
Schlafen, wenn er kein Mädchen fand, bei dem er landen
konnte. Zu Hause musste er sich das Zimmer mit seinen
beiden Geschwistern, den beiden Mädels, teilen. Morgens
versuchte er, als Erster wach zu werden, damit er zuerst
ins Badezimmer konnte, putzte sich die Zähne und wusch
sich, und schon standen seine kleinen Schwestern vor der
Badezimmertür und klopften dagegen. Mein Onkel war
immer schon um 6 Uhr aus dem Haus. Er arbeitete als
Gießer in einer Werkzeugmaschinenfabrik. Meine Tante
ging kurz nach ihm aus dem Haus. Sie war als Altenpfle-
gerin tätig. Da sie keine richtige Ausbildung hatte und
kaum Deutsch sprach, sollte sie nur das Essen warm
machen und putzen. Dafür wurde sie bezahlt. Aber im
Grunde musste sie alles machen, vom Arschabwischen
bis zur Sterbebegleitung. Doch abgespeist wurde sie mit
der untersten Gehaltsstufe. Generation Hilfsarbeiter. Sie
protestierte nicht, nein, in unserer Siedlung war man
froh, überhaupt einen Job zu bekommen.

Die Schule besuchte Karim unregelmäßig, niemand zu
Hause hatte daran Interesse, dass er einen Abschluss

machte. Schule kostet Geld, dachten mein Onkel und meine Tante. Karim sollte welches nach Hause bringen und nicht noch mehr kosten. Deshalb jobbte Karim ab und zu an der Fleischtheke im Marktkauf, als Springer, wenn einer mal krank war oder gefeuert wurde. Der Geschäftsführer war ein gern gesehener Gast bei uns im Glashaus. Ich glaube, er gab Karim immer mal Arbeit, damit wir ihn in den Club ließen. Wenn er Freitag- oder Samstagabend bei uns an der Tür stand, erwähnte er, dass Karim anrufen müsse, es gebe etwas zu tun für ihn. Eine Hand wäscht die andere, dachte ich und hoffte, dass der Mann ewig Single blieb, um jedes Wochenende in den Club zu kommen. Karim war bei ihm gut aufgehoben.

Eine Zeitlang hatte Karim wirklich einen edlen Traum. Eine edle Vorstellung von Ruhm und Geld. Karim war sehr groß für sein Alter. Ich kannte keinen in seinem Alter, der so groß war wie er und so stark. Als Dreizehnjähriger kam er irgendwann zu uns und sagte, dass er jetzt bei den Bielefelder Bulldogs spiele, eine American-Football-Mannschaft, gegründet von einem ehemaligen Footballspieler aus Amerika, der dort in irgendeiner Collegemannschaft gespielt hatte und jetzt in Bielefeld lebte, weil er sich hier verliebt hatte und einen Sportbekleidungsladen eröffnet hatte. Karim fand in der Mannschaft sofort einen Stammplatz. Es gab niemanden in seinem Alter, der so viel Kraft, Schnelligkeit und Entschlossenheit auf dem Spielfeld zeigte. Nach kurzer Zeit wurde die NRW-Auswahlmannschaft auf ihn aufmerksam und lud ihn zu einem Tryout ein, eine Art Aufnahmeprüfung. Wenn man die schafft, ist man dabei und kann für NRW auflaufen, gegen Bayern meinetwegen. Und wenn man da auffällt, kommt man in die National-mannschaft. Karim gelang der Einstieg in die NRW-Auswahl sofort. Inside Linebacker war seine Position, und niemand war besser. In die Nationalmannschaft wäre es für ihn ein Klacks gewesen. Doch irgendwann hörte Karim auf, von einem Tag auf den anderen. Wegen des Geldes. Es gab nämlich keins. Als er erfuhr, dass diese ganze Football-Aktion in Deutschland nicht so ganz zog, hörte er einfach auf. Seine Ausrüstung machte er noch zu Geld, aber er meldete sich nicht mehr bei seinem Trainer, bei keinem Mitspieler, bei niemandem. Einen Moment hatte er gezögert, als der Trainer zu ihm gemeint hatte, er könnte vielleicht nach Notre Dame gehen, in Indiana, USA, ans College und dort durchstarten. Auf die Uni könnte er gehen. Doch das hieße, erstmal Abi machen. Schule aber war nicht sein Ding. Außerdem, wer sollte den Flug zahlen? Die Schule dort, Wohnung, Essen, Bücher? Das Studienjahr kostete 30 000 Dollar. So viel verdienten seine Eltern zusammen in drei Jahren. Ein Stipendium könnte klappen, meinte sein Trainer. Also müsste er erstmal hier auf ein Gymnasium und Abi machen. Karim überlegte. Wenn er das wirklich wollte, dann müsste er irgendwie von der Hauptschule auf eine höhere Schule wechseln, das ginge nicht von heute auf morgen, er müsste mehr lernen, also weniger trainieren, er brauchte auf jeden Fall Nachhilfe, und er wusste auch schon, wer das zahlen würde: er selbst. Er müsste also für die Nachhilfestunden jobben, könnte dann aber weniger trainieren, er würde also den Anschluss an die Elitefootballer in den USA verlieren. Selbst wenn er es mit Mühe und Not über den dritten, vierten Bildungsweg bis zum Abi schaffte, dann wäre er ungefähr 20 oder 21, wenn er wirklich schnell wäre, realistischerweise 23 oder 24. In dem Alter spielten die wirklich guten Footballspieler schon vier Jahre in der NFL, für ihn wäre also alles zu spät. Aber, meinte der Trainer, dann hätte er doch auf jeden Fall sein Abi in der Tasche. O.k., erwiderte Karim, Abi ja, aber keinen Pfennig Geld. Schulden hätte er gemacht. Bildung kostet Geld. Ohne Geld, kein Studium. Wofür also Abi? Wenn er sich das Studium nicht leisten kann. Aus der edle Weg von Ruhm und Geld. Dieses Leben ist für andere bestimmt. Das spürte Karim. Das war nicht sein Weg.

Seitdem hatte Karim nicht mehr mit seinem Trainer gesprochen. So ist Karim. Wenn er erkennt, dass es keine Chance für etwas gibt, dann hört er auf, darüber nachzudenken. Das ist Straße. Alles liegenlassen, was einen nicht sofort weiterbringt. Deshalb ist Liebe für Karim auch Schwäche, weil man nicht loslassen darf, wenn die Dinge schwierig werden. Aber man muss alles loslassen können. Weil man selber durchkommen muss. Das ist das Leben. Das ist Straße. Von der Hand in den Mund. Weitsichtig denkt hier keiner. Nur bis zur nächsten Straßenecke. Alle haben den Blick auf den Boden gerichtet, auf den Asphalt, auf den Bordstein, der Himmel ist zugebaut, Beton. Kein Horizont. Kein Lichtstreifen. Niemand, der einem den Kopf hebt. Fliegen lässt. Das ist Asphalt-Wahrheit. Das Wissen, das du dir da aneignest, kostet nichts. Du musst nur rausgehen und alles vergessen, woran du glaubst. Das ist die Schule, die dich nichts kostet. Nur dein Leben, wenn du es vermasselst.

An ihrem Sterbebett habe ich meiner Oma vor zwei Jahren versprechen müssen, auf meinen Cousin Karim aufzupassen. Wenn wir allein gewesen wären, als sie mir dieses Versprechen abnahm, wäre das alles kein Problem gewesen, wie oft habe ich ihr das versprechen müssen, so was sagen die Älteren ja immer. Aber wir waren diesmal nicht alleine. Ich hätte ihre Worte komplett ignoriert, und Karim wäre mir bei der zweiten dummen Geschichte, die er verbockt hätte, am Arsch vorbeigegangen. Aber meine Oma lag im Sterben. Sie nahm mich direkt vor den Augen von Karim und meinen Eltern und vor den Augen seiner Eltern ins Gebet. In dem Moment, als sie sagte, ich sei für ihn verantwortlich und solle auf ihn aufpassen, stand die halbe Familie am Krankenbett. Ich gab ihr das Versprechen. Nachdem sie mir mein Versprechen abgenommen hatte, starb sie. Wenn Karim also etwas passierte, dann blieb alles an mir hängen und ich brauchte mich bei der Familie nicht mehr blicken zu lassen. Wenn er es vermasselt, dann hab ich es vermasselt.

Die Nacht von Samstag auf Sonntag. 5.00 Uhr. Es war dunkel und laut an der Tür. Ich saß an der Tür und dachte und dachte und dachte, dachte nach über Dinge, die ich gesagt hatte, die irgendwer zu mir gesagt hat, die ich gehört hatte von jemandem, der neben mir stand. Ich kam mir vor wie Filterpapier, alles floss durch mich hindurch, und ich filterte den ganzen Dreck um mich herum. Der ganze Sprachabfall der hinein- und hinausströmenden Gäste blieb in mir kleben ... ey saukalt heut Nacht ... ey haste Lippenstift dabei ... ey bleib stehen, wenn ich mit dir rede ... hoffentlich ruft der Arsch nicht an ... ey Nadin, was haste gegen meine Mudder gesagt, du Fotze ...

Warum hört nicht alles um mich herum mit einem Mal auf? Warum passiert keine Schlägerei? Warum bekomme ich nicht voll eins in die Fresse? Damit ich diese verdammten Stimmen in meinem Kopf nicht mehr hören muss. Nicht nur, dass ich sie höre, sie bleiben in einem kleben. Je müder man ist, desto länger. So, wie wenn man von einem Berg aus in ein Tal ruft und dann das Echo hört. Ein endloses Echo. Du bist dann Berg und Tal und Stimme zugleich. Die Müdigkeit kann einen in den Wahnsinn treiben.

Aber so schnell gab es hier keine Schlägerei, die einen hätte wach machen können. Zurück auf die Erde holen. Nein. Uns griff so schnell niemand an. Ich war zu stark, der Kumpel neben mir war zu stark, wir hatten Waffen, das wusste jeder, der an uns vorbeiging. Drei Totschläger, zwei Gasknarren, drei Schlagstöcke, Messer, Flaschen, wir waren bis an die Zähne bewaffnet, der Chef oben in seinem Büro hatte eine abgesägte Schrotflinte, eine 9 mm-Glock und eine Handgranate aus dem Zweiten Weltkrieg. Alle dachten, die wäre Deko auf seinem Schreibtisch, aber das stimmte nicht, ich kannte die Wahrheit. Ich könnte hochlaufen, in sein Büro und allem ein Ende machen, dachte ich. Irgendwann mache ich es. So müde war ich, dass ich meine Gedanken nicht mehr kontrollieren konnte, keine schützende Haut über mich und über meine Seele spannen, Gut und Böse nicht mehr unterscheiden, ich war so müde, dass ich hätte sterben können. Und ich hätte es nicht gemerkt. So müde. So müde war ich. Und es gab niemanden weit und breit, der den Mut hatte, mich wach zu schlagen. Ich hätte mich nicht gewehrt. Ich hätte Marcel sogar verboten einzugreifen. Dem Mutigen hätte ich noch einen ausgegeben. Er hätte mein Held werden können.

Aber nein.

Es ist immer noch 5.00 Uhr, immer ist es 5.00 Uhr, seit einem Jahr. Ich schaffe das nicht, ich werde das hier nicht überleben, ich will nicht mehr. Ich will zu Flo, mich zu ihr legen, sie umarmen. Ich dachte an Flo und an mich, an uns. Sätze gingen mir durch den Kopf, die ich ihr sagen wollte, Sätze, die sie mir gesagt hatte, die ich aber nicht verstand, über sich, ihr Leben, die Kunst. Du musst akzeptieren, dass ich immer alles um mich herum in Frage stelle. Ich will, dass du mich liebst mit all meinen Zweifeln und Ängsten. Die Aufgabe der Kunst ist es, Energien freizusetzen, die in einem verborgen sind. Ich hatte nicht verstanden, was sie meinte. Die Sätze kreisten in meinem Kopf. Ich will weg hier, schlafen, einfach schlafen und nichts mehr hören. Ich kann nicht mehr stehen, ich kann nicht mehr sitzen, ich kann nicht. Ich schaue auf die Uhr, 5.01 Uhr. Es geht weiter. Ich kneife mir ins linke Bein, bis es richtig weh tut, der Schmerz macht mich wieder wach. Ich schaue auf die Uhr, es ist 5.02 Uhr.

Samstagnacht. 23.39 Uhr. Marcel und ich hatten Hunger, wir freuten uns auf das Essen von Karim. Als er zu uns an die Tür kam, hatte er wie immer zwei Hamburger dabei. Marcel und ich holten die Geldbeutel raus, weil wir keine Lust hatten, dass Karim wieder einen Aufstand machte, weil wir nicht zahlten. Aber zu unserer Überraschung wollte Karim das Geld nicht, er hatte sogar Pommes dabei. »Ist heute Weihnachten?«, fragte Marcel. »Ach was«, sagte Karim, »ich will nur, dass es euch beiden gutgeht. Ich war zu heftig beim letzten Mal, sorry. Ich verspreche euch, ich werde heute Nacht keinen Ärger machen, ihr werdet von mir nichts hören, versprochen.«

Karim ging an uns vorbei. Marcel drückte sich den Hamburger rein.

An diesem Abend blieb alles ruhig. Karim legte sich mit niemandem an, über die Monitore sah ich ihn mal tanzen, dann hin- und herschwirren, mit vielen Leuten kurz reden und natürlich flirten, er schien keinen Alkohol zu trinken. Er blieb in dieser Nacht bis zum Schluss, und als Marcel und ich beschlossen, gemeinsam bei McDonald's noch etwas zu essen, und ihn fragten, ob er nicht mitkommen wolle, lehnte er dankend ab. »Lass mal. Ich bin todmüde. Ich fahr heim. Man sieht sich heute Nachmittag auf dem Basketballplatz.« Karim stieg in ein wartendes Taxi. Jeden Sonntag spielten wir Basketball. Seit ich sechs war, trafen wir uns jeden Sonntag. Und daran hatte sich nichts geändert.

2.06 Uhr. Mir schliefen die Beine ein, ich brauchte etwas Bewegung, vielleicht sollte ich reingehen und eine kleine Runde drehen. In diesen sechs Monaten, in denen ich mit Flo zusammen bin, dachte ich, ist sie nicht einmal hier ins

Glashaus gekommen. Freuen würde es mich schon, wir könnten reden oder ein bisschen knutschen, da, wo uns keiner sieht, ich kenne ein paar Ecken hier in dem Laden, wo niemand hinkommt. Ich würde ihr ein, zwei Drinks ausgeben, mit Alkohol, sie könnte sich die Birne zuknallen, ich hätte sogar nichts dagegen, vielleicht würde ich sogar mitmachen, ich hatte seit einem Jahr nicht mehr so richtig gefeiert. Ich würde ihr zuschauen, sie wäre bei mir, ich würde auf sie aufpassen. Aber Flo mochte diesen Laden nicht. Sie war nicht der Typ, der in Clubs ging und sich die Birne zuknallte, ich wollte sie auch nicht dazu zwingen. Sie akzeptierte, was ich tat, zumindest sagte sie nichts dagegen.

Es war einmal ein Mädchen, das Mädchen von nebenan. Flo war ein Mädchen, das ich eigentlich niemals hätte kennenlernen dürfen, da unsere beiden Welten sehr weit auseinander lagen. Das Einzige, was uns verband, war eine Bushaltestelle, im Zentrum der Stadt. Flo fuhr zum Ballett, zum Musikunterricht, zum Reiten, und ich kam von der Schule. Je nach ihren Hobbys und meinem Stundenplan trafen wir uns während all der Jahre regelmäßig an dieser Haltestelle, manchmal fast täglich, manchmal nur einmal die Woche. Wir stiegen beide am Jahnplatz um. So warteten wir gemeinsam auf unsere Busse. Wir waren gleich alt. Sie ging auf das Bodelschwingh-Gymnasium und ich auf die Gesamtschule in Schildesche. Ihre Eltern waren Lehrer am Bodelschwingh-Gymnasium, ihre Mutter unterrichtete Deutsch und ihr Vater Englisch. Meine Eltern waren Gastarbeiter. Meine Mutter putzte in den Häusern der Reichen, und mein Vater arbeitete in derselben Werkzeugmaschinenfabrik wie mein Onkel, der dort Gießer war. Flo hatte ein Pferd, Coco, das aber nicht ihr gehörte, sie passte nur darauf auf, es gehörte einer alten Frau, die für ihr Pferd nicht mehr sorgen konnte. Ich hatte mal einen kleinen Hasen für sechs Wochen zur Pflege, der hieß Mickey und folgte mir bis aufs Klo. Der gehörte auch nicht mir, sondern meiner Cousine, die ihn nach den Ferien wieder zurückhaben wollte, was mich traurig machte, was ich aber keinem zeigte, denn ich war acht Jahre alt und auf dem Weg, ein tougher Junge zu werden. Eine Woche, nachdem meine Cousine den Hasen zurückhatte, passte sie nicht richtig auf ihn auf, und er lief über die Straße und wurde überfahren. Ich bildete mir ein, dass Mickey zu mir wollte. Seitdem sprach ich kein Wort mehr mit meiner Cousine.

Doch zurück zu Flo. Sie hatte auch einen Hund, Fendi, ein King Charles. Coco und Fendi. Flo hatte auch einen kleinen Bruder, der ein Jahr jünger war als sie und es liebte, mit seinem Vater auf dem Steinhuder Meer zu segeln. Manchmal brachten sie frische Aale von dort mit nach Bielefeld, und die ganze Familie freute sich darauf: Aal mit Meerrettich und Petersilie. Ich hatte noch nie Aal probiert. Als ich das Flo vor einiger Zeit erzählte, lud sie mich ein. Ich saß also mit der ganzen Familie zusammen, und es gab diese Aale. Als wir nach dem Essen in ihrem Zimmer saßen und über diesen Aal sprachen, den ich zum ersten Mal gegessen hatte, forderte sie mich auf, einen Zettel zu nehmen und alle Speisen aufzuschreiben, die ich noch nie in meinem Leben gegessen hatte. Ich schrieb los: Hummer, Kaviar, Gänseleberpastete. Dann gab ich ihr den Zettel zurück, und sie sagte, es gebe Dinge im Leben, die man machen müsse, sonst würde sich das Leben nicht lohnen. Man solle alle seine Wünsche auf einen Zettel schreiben und immer wieder versuchen, sich diese Träume zu erfüllen. So, genau so könne man glücklich werden. In derselben Nacht, als ich wieder an der Tür arbeitete, schrieb ich noch einige andere Dinge auf: Tauchen auf den Malediven, Jetski fahren am Mittelmeer, nach Armenien reisen, nach New York, L.A., einen Porsche fahren, einen Ferrari fahren, einen Maserati fahren, einen Bentley fahren ... – Abrupt hörte ich damit auf. Ich bemerkte, wie mich dieses Aufschreiben meiner Wünsche plötzlich hellwach machte. Seine Wünsche aufschreiben, sich seine Wünsche vorstellen, versuchen, sich seine Wünsche zu erfüllen, brachte mein Blut zum Kochen. Als hätte ich meine Finger in eine Steckdose gesteckt, so sehr glühte meine Hand, die den Stift hielt.

In der Nacht sagte ich zu mir: Ich werde ein glückliches Leben führen, egal, was kommt. Wenn alles hart auf hart kommt, werde ich einfach versuchen, mir einen von diesen Wünschen zu erfüllen. Einen nach dem anderen. Das Glück gibt es. Es steht auf meinem Zettel, und niemand kann mich davon abhalten. Es war Flos Idee. Sie würde mich glücklich machen.

Ich hatte keine Geschwister, ich war Einzelkind. Haustiere hatten wir auch nicht. In dem Haus von Flos Eltern gab es eine große Bibliothek. Die einzigen Bücher, die wir zu Hause hatten, waren meine Schulbücher. Ich hatte meine Eltern nie lesen sehen. Meine Eltern konnten gar nicht lesen. Wie sich Flos Eltern um sie kümmerten, für sie da waren, das gab es bei uns auch nicht. Flo und ihre Familie sprachen nie über Geld. Nur über Theaterabende, Politik, Wahlen, Reformen, Veränderungen, Ungerechtigkeiten in der Welt, in dieser Stadt, im Leben. Ja, Ungerechtigkeiten, davon gab es so viele, dachte ich. Und ich war glücklich, jemandem nahe zu sein, der das spürte.

Doch bis wir zusammenkamen, bis ich zum Essen eingeladen wurde, hatte es viele Jahre gedauert.

Die einzigen Worte, die wir während der vielen Jahre an der Bushaltestelle ab und zu wechselten, waren: »Na, ist dein Bus schon weg?« Dann sagte sie oder ich entweder ja oder nein. Anschließend wurden wir wieder still und bekamen keinen Mucks mehr raus. Jeder wartete auf seinen Bus. Wenn ihrer zuerst kam, stieg sie ein, und ich sah sie durchs Fenster. Sie setzte sich immer ganz nach hinten, direkt über die Heizung, über den hinteren Reifen. Mädchen, dachte ich, wollen es immer schön warm haben.

Flo zu beschreiben ist nicht einfach, denn über die Jahre hinweg veränderte sie sich. Sie wuchs natürlich, trug irgendwann keine geblümten Röckchen mehr, sondern bunte Jeans und später wieder lange gemusterte Röcke. Sie schnitt ihre zwei Zöpfe ab, wechselte die Haarfarbe, anfangs waren ihre Haare weißblond, dann plötzlich rot, aber mit der Zeit wurden sie wieder blond. Eines Tages hatte sie eine Brille, das muss so mit fünfzehn gewesen sein. Sie trug eine Brille, und das war ihr unangenehm, glaube ich, sie versteckte sich hinter ihren langen Haaren, dann legte sie sich Kontaktlinsen zu.

Und eines Tages sprachen wir miteinander. An der Bushaltestelle am Jahnplatz. Nachdem wir einige Jahre immer wieder gemeinsam dort gestanden und geschwiegen hatten, waren wir uns nun sechs Monate lang nicht mehr begegnet.

Nach Papas Tod ging ich nicht mehr in die Schule, von einem Tag auf den anderen. Kein Lehrer, nicht der Direktor, niemand konnte mich überzeugen wiederzukommen. Die Lehrer schauten mir in die Augen und sahen nichts mehr darin. An den Lehrern lag es nicht, es lag an mir, ich wollte einfach nicht mehr. Sie redeten auf meine Mutter ein, auch sie blieb stumm, zu Hause sprachen wir gar nicht über die Schule. Ob es ein Leben nach dem Tod von Papa gab, das wussten wir nicht. Ob es je ein Leben in dieser Fremde gab, das wussten wir auch nicht. Ich wusste gar nichts zu diesem Zeitpunkt. Wie hätte ich also einfach weitermachen können in der Schule? Mathe, Deutsch, Musik, Sport. Ich konnte mir das nicht vorstellen. Ich kam morgens nicht aus dem Bett, und nachts konnte ich nicht schlafen. Ich bekam Fieber. Das Licht am Ende des Tunnels war der Job hier an der Tür, dort konnte ich so sein, wie ich wollte, und bekam sogar Geld dafür. Einen Teil drückte ich bei meiner Mutter ab, den Rest behielt ich für mich. Seit ich von der Schule weg war, hatte ich mit niemandem darüber gesprochen.

Und dann traf ich Flo an diesem Tag am Jahnplatz. Als wäre es nie anders gewesen, lächelte sie mich an und fragte, wo ich so lange gewesen sei. Ich sagte, dass ich nicht mehr in die Schule ginge. Sie blieb still. Sie fragte nicht weiter. Sie sah mich nur an. Ich wollte weitersprechen, aber ich bekam keinen Ton mehr raus. Stattdessen fing sie an zu reden, erzählte, dass sie am nächsten Tag zusammen mit ihrer Klasse in die Ski-Freizeit fahren würde, und sie sagte, dass sie sich freuen würde, wenn wir beide mal was trinken gehen könnten. Sie schrieb mir ihren Namen, ihre Adresse und ihre Telefonnummer auf. Ich wusste nicht, was ich tun sollte. Sie reichte mir den Stift und einen kleinen Zettel, und ich schrieb ihr meinen Namen, meine Adresse und meine Telefonnummer darauf. Ich glaubte nicht, dass ich je von ihr hören würde. Das war's, dachte ich.

Eine Woche später kam eine Postkarte aus Courchevel: *Lieber Alen, der Schnee ist fabelhaft, die Sonne scheint, wir sind jeden Tag auf den Skiern.* Und dann stand da noch mal ihre Telefonnummer und: *Magst Du Theater?*

Ich wusste noch nicht, dass Flo Schauspielerin werden wollte.

Ich wollte mich, sofort wenn sie zurück wäre, bei ihr melden. Aber sie war ja noch in Frankreich, ich hatte lange im Atlas gesucht. Also beschloss ich, noch etwas zu warten. Dann war ich mir nicht mehr sicher, wie viele Tage vergangen waren. Und wenn ich nicht meinen Schreibtisch aufgeräumt hätte und mir ihre Karte in die Finger gefallen wäre, hätte ich wahrscheinlich nie angerufen. Doch als ich die Karte fand, griff ich nach dem Telefon, tippte ihre Nummer, sie ging ran, und wir sprachen miteinander, als wären wir alte Freunde. Sie schlug vor, ich solle sie am nächsten Tag nachmittags in der Schule besuchen. Ich wunderte mich. »Jajaja«, sagte sie,

»ich übe da, komm einfach, die Türen sind offen, ich bin im zweiten Stock. 15 Uhr, o. k.?«

»O. k. Was übst du denn?«

Sie lachte: »Das siehst du ja morgen.« Dann legte sie auf.

Am nächsten Tag ging ich etwas nervös in ihre Schule, der Haupteingang war offen. Ich stieg die Treppen hoch bis zum zweiten Stock und stand vor zwei großen Flügeltüren. Ich legte mein Ohr an eine der Türen und hörte nichts. Dann Schritte, die auf und ab gingen. Hin und her, wie ein Uhrwerk. Ich öffnete die schwere Tür. Der Raum war riesig, in der hinteren Hälfte waren unzählige Reihen Stühle aufgestellt, die vordere Hälfte war erhöht, es gab zwei Vorhänge links und rechts, an der Decke hingen Scheinwerfer, die auf diese Stelle ausgerichtet waren, in der Mitte dieser Tribüne stand sie. Ihre Haare waren offen, sie hatte ein schwarzes Samtkleid an, kein Schuhe, barfuß stand sie vor mir: Flo.

Sie winkte mir zu. Ich ging zu ihr.

»Ist das hier eine …«, ich suchte nach dem richtigen Wort.

Sie half mir: »Ja, das ist eine Bühne hier, die Studiobühne unserer Schule.«

»Und was machst du hier?«, fragte ich.

»Ich würde dir gerne eine Rolle vorspielen, die Desdemona aus Othello, von William Shakespeare.«

Ich nickte und hatte keine Ahnung.

»O. k., soll ich mich hierhin setzen?«

»Ja, setz dich in die erste Reihe«, sagte sie, und dann legte sie los. Sie begann zu spielen, und ich beobachtete sie. Die Sprache verschwand, die Wörter, die sie sprach, waren weg. Ich hörte nichts mehr, eine lähmende Stille durchflutete meinen Körper. Ich versank, die Zeit um mich herum schien stehen zu bleiben.

Ich glaube, das war der Moment, in dem ich mich in Flo verliebte.

Monate später wollte ich ihr von diesem Moment, als ich mich in sie verliebte, erzählen und von ihr wissen, in welchem Moment sie sich in mich verliebt hatte. Doch bis jetzt habe ich es nicht getan.

An diesem Tag sprach sie von vielen Dingen, von denen ich noch nie gehört hatte: »Das Wesen der Kunst«, sagte sie, »ist, etwas Totes lebendig zu machen, das Verborgene sichtbar, dem Sprachlosen eine Sprache zu geben, dem Ungehörten Gehör zu verschaffen, der Kälte Wärme zu geben, der Hitze Abkühlung zu verschaffen und den Nebel, der über der Welt liegt, zu lichten ...«

Ich habe mir alles, was ich mir merken konnte, zu Hause auf einem Zettel notiert. Ich wollte diese Sätze, ihre Worte nicht vergessen. Gegen das Vergessen, dachte ich, hilft nur aufschreiben. Wenn du etwas aufschreibst, dann hast du etwas verewigt, dachte ich. Das war die erste Lektion, die ich an diesem Tag über mein Leben lernte. Aufschreiben hilft gegen das Vergessen. Aufschreiben hilft gegen das Vergessen.

Aufschreiben hilft gegen das Vergessen ...

Samstagnacht. 3.56 Uhr.

Folgenden Hip-Hop-Text musste ich Karim in dieser Nacht übersetzen:

I DON'T KNOW WHAT YOU HEARD ABOUT ME
BUT A BITCH CAN'T GET A DOLLAR OUT OF ME
NO CADILLAC NO PERMS YOU CAN'T SEE
THAT I'M A MOTHERFUCKING P-I-M-P

Nachdem ich ihm gesagt hatte, was es auf Deutsch heißt, begann Karim zu grinsen. »Weißt du«, meinte er, »dieser Song ist ganz groß. Ganz groß. So funktioniert die Welt. So funktioniert die Welt! Ich weiß nicht, wie ihr das seht, aber genau darum geht es, überall auf der Welt geht es genau darum.« Wie sollten Marcel und ich das finden? Es war fast 4 Uhr morgens, die dritte Nacht in Folge hier an dieser Tür, und wir würden auch morgen wieder hier stehen, und die Leute wollten Party machen. Karim glühte vor Energie. Marcel und ich kämpften darum, wach zu bleiben, wir waren dem Tod nahe und dem Leben in Karim sehr fern. Wir nickten betäubt zu allem, was Karim uns sagte. Als Karim ging, war ich froh, dass er weg war. Marcel ließ seinen Kopf nach hinten an die Wand fallen. Bis zum Schluss sprachen wir beide fast nicht mehr miteinander. Jeder muss da alleine durch, dachte ich. Ich konzentrierte mich und zwang mich, die Augen nicht zuzumachen. Seit einer halben Stunde ging keiner mehr in den Club rein, und keiner kam raus. Doch dann ging die Tür auf und eine Gruppe von fünf Jungs wollte rein. Ich stand auf und begann, ihre Taschen und ihre Jacken zu durchsuchen, ich ließ mir Zeit damit, bis ich wieder richtig wach wurde, denn Arbeit macht wach, dachte ich. Wie gut, dass ich Arbeit hatte, mein Vater hatte keine mehr, die Gießerei war pleite, danach hat er keine Arbeit mehr bekommen, vier Jahre lang, dann ist er gestorben, tot. Ohne Arbeit stirbt man, wie gut, dass ich Arbeit habe, dachte ich, denn ich will noch nicht sterben, ich werde mir immer Arbeit suchen, dachte ich, ich werde immer Arbeit finden, ich werde niemals aufhören zu arbeiten, auch wenn es keine Arbeit mehr gibt, dachte ich, werde ich arbeiten, ich werde mein Leben lang Arbeit haben.

3 Mein Vater war Alkoholiker. Seit Jahren hatte er eine Leberzirrhose. Aber er hat das Trinken nicht lassen können. So wurde die Leber groß, sehr groß, wie ein Fußballfeld, meinte mal ein Arzt. Er und mein Vater fingen gemeinsam an zu lachen. Ich war dabei. Eines Tages, sieben Jahre nach der Diagnose, versagte die Leber. Mein Vater bekam einen Leberinfarkt, quasi ein Herzinfarkt in der Leber. Er hatte plötzlich irrsinnige Schmerzen, wir riefen den Krankenwagen, sie brachten ihn auf die Intensivstation, die Ärzte versuchten, ihn zu stabilisieren, doch dann bekam er noch einen richtigen Herzinfarkt. Man versuchte, ihn zurückzuholen, was den Ärzten auch gelang, doch sie mussten ihn in ein künstliches Koma versetzen, damit die Schmerzen ihn nicht umbrachten. Aber sein gesamter Körper wehrte sich gegen die Herz-Lungen-Maschine. Als ich zu ihm durfte und seine Hand festhielt, hätte er mir beinahe die Finger gebrochen, so sehr wehrte er sich gegen die Herz-Lungen-Maschine. Sein Blick war vernebelt, fast wie der eines Junkies, der sich eine volle Ladung Heroin in die Adern gedrückt hat. Die Anspannung in seinem Körper war so stark, dass seine Leber riss. Ich habe keine Ahnung, wie das ging, aber so hat es mir der Arzt erklärt. Ich traute mich nicht nachzufragen. Warum sollte ich. Ich hatte andere Sorgen. Wie ein Ballon platzte die Leber auf. Das Blut verteilte sich in seinem Körper, und am Ende ist mein Vater an dem Blut seiner eigenen Leber erstickt. Das ist die Wahrheit. Das Blut durchtränkte seine Lungen. Also man kann sagen, mein Vater hat sich zu Tode gesoffen. Als ich ihn tot auf dem Bett sah, schwor ich mir, niemals so zu sterben, vorher würde ich mir die Kugel geben.

Meine Mutter und ich kamen nach dem Tod meines Vaters mit noch weniger Worten aus. Wir verstanden uns schweigend. Unser Zusammenleben lief reibungslos. Wir gingen uns niemals auf den Keks. Wenn man sich durch den anderen beengt fühlte, zog man sich auf sein Zimmer zurück. Manchmal wünschte ich mir, dass sie jemand anderen finden würde. Einen anderen Mann, der sie lieben könnte, den sie lieben könnte. Doch wenn ich den Gedanken weiterverfolgte, wurde mir mulmig. Bei dem Gedanken, dass ein anderer Mann als mein Vater im Wohnzimmer sitzen könnte, wurde mir schlecht. Bei dem Gedanken, ein anderer Mann könnte auf der Seite des Bettes meiner Eltern schlafen, auf dem mein Vater geschlafen hat, bekam ich Kopfschmerzen. Aber noch unerträglicher war der Gedanke, dass meine Mutter von nun an ihr Leben alleine leben sollte, ohne einen anderen Menschen. Was wäre, wenn ich eines Tages nicht mehr hier wohnen würde? Eines Tages. Dieser Tag wird niemals eintreffen, sagte ich mir. Wo sollte ich denn auch hin? Was gab es denn da draußen, das auf mich wartete? Die Welt wartet nicht auf einen, man muss sie sich erobern. Aber ich bekam ja noch nicht einmal dieses Leben hier in den Griff, wie sollte ich das Leben da draußen meistern?

Meine Mutter ist die Frau, die mir nichts über meine Herkunft erzählt hat, sie ist die Frau, die sich auch nicht für meine Zukunft interessierte: Es war ihr egal, ob ich um 10 Uhr abends oder um 6 Uhr morgens nach Hause kam. Aber es war kein Scheiß-egal-ich-hasse-dich-eh-Junge-Verhältnis, nein, sondern ein Scheiß-egal-ich-liebe-dich-egal-was-du-machst-mein-Junge-Verhältnis.

Jeder andere Sohn in meinem Alter würde sich so eine Mama wünschen, aber ich hätte gerne mehr mit ihr gesprochen, mehr von ihr erfahren, mehr Auseinandersetzungen mit ihr gehabt. Aber sie ging jeder Frage, jeder Aussprache, jedem Kampf mit mir aus dem Weg.

Ich wusste wenig von dem, was in unserer Familie geschehen war. Vor ungefähr zwölf Jahren saß ich mit meinem Onkel in seinem Zimmer, als er noch bei meiner Oma wohnte. Wir saßen auf dem Fußboden, er rauchte und blätterte in einer Zeitung herum, die Musik war leise, E-Gitarre. »Das ist Jimi«, sagte er, »Jimi Hendrix.« »Verstehe«, sagte ich und war stolz, dass er mit mir sprach, denn er redete eigentlich mit niemandem aus der Familie, und wenn ihn jemand ansprach, nickte er nur und summte die ganze Zeit vor sich hin. Wie ein richtiger Rockstar, dachte ich. An seinen Wänden hingen Poster von Danzig, Kiss und natürlich Jimi Hendrix. Mein Onkel hatte in seiner äußeren Erscheinung von allen etwas: von dem Danzig-Frontmann die muskulösen

Oberarme, Jimis Stirnband und lange gelockte Haare wie die Kiss-Musiker. Ich hatte keine Locken. Meine Haare waren glatt. Ich wollte auch diese Locken haben, vergeblich.

»Hunger?«, fragte er mich und riss mich aus meinen Gedanken und von den Postern an den Wänden weg.

»Ja, ein bisschen«, sagte ich vorsichtig, weil ich ihn nicht verärgern wollte, obwohl ich gar keinen Hunger hatte.

»Gut«, sagte er, »dann gehen wir jetzt einen Toast essen, mit Käse. Magst du Käse?«

»Ja, ich glaub schon«, sagte ich.

»Und Schinken? Magst du Schinken?«, fragte er weiter.

»Ja, mag ich auch.«

»Gut, gut, gut.« Er pfiff vor sich hin. »Los, zieh dich an, wir gehen.«

»Und was ist mit Oma und Mama?«

»Die sagen nichts, alles o. k. Zieh dich an, los.« Er stand auf und ging aus dem Zimmer. Ich blieb noch einen Moment sitzen. Die Schallplatte lief aus und verstummte.

Eine Viertelstunde später saßen wir in einem Café, im Café Oktober. Das Oktober lag auf der Detmolder Straße, direkt am Fuße der Sparrenburg. In diesem Café liefen Gestalten herum, die genauso aussahen wie die auf den Postern im Zimmer meines Onkels. Langhaarige, Gelockte, mit und ohne Stirnband. Ihre Gesichter waren angemalt oder gleich tätowiert. Nicht beängstigend, aber auch nicht sehr beruhigend. Wir setzten uns an einen Tisch am Rand, mein Onkel zog mir meine Jacke aus. Das war mir peinlich. Ich war sechs Jahre alt und konnte das alleine.

Mein Onkel schmunzelte, ich nicht. Daraufhin lachte er laut auf.

Etwas weiter von uns entfernt bauten ein paar andere langhaarige Männer etwas auf. »Magst du Musik?« »Ja«, sagte ich. »Gut, Musik ist die Sprache der Seele. Sie kommt von dort und geht direkt in deine Seele. Da bleibt sie und beginnt, dich zu verändern. Musik bringt dich an Orte, an denen du noch nie in deinem Leben warst, wo du immer hin möchtest oder wo du niemals hinkommen kannst, es aber immer und immer willst.«

Ich blickte mich um, es war keine Musik zu hören. Ich versuchte, einen Plattenspieler zu entdecken und Platten wie die, die bei meinem Onkel im Zimmer standen. »Musik?«, fragte ich. »Die Jungs da. Nicht aus dem Radio oder vom Plattenspieler, sondern live. Es gibt nichts Besseres als Live-Musik«, meinte er. »Live-Musik ist so gut wie Sex, ach was, besser als Sex. – O.k., vergiss, was ich zuletzt gesagt habe.« Er lachte wieder laut auf und nahm einen tiefen Zug von seiner Zigarette, beim Auspusten achtete er darauf, dass ich keinen Rauch abbekam.

Kurz darauf kamen die langhaarigen Typen zu uns. Sie begrüßten meinen Onkel sehr herzlich, und er stellte mich vor: »Das ist Alen, mein Neffe.« Alle klopften mir auf den Kopf. »Kurze Haare hat er aber«, meinte einer von ihnen. »Noch«, erwiderte mein Onkel grinsend. »Aber das wird nicht ewig so bleiben. Er kommt ganz nach mir, er ist ein Rebell. Schaut euch mal seinen Blick an, ganz tough, und auch irgendwie weich. Ihr müsst in seine Pupillen schauen.« Die Typen beugten sich zu mir und blickten mir tief in die Augen. Ich blinzelte nicht, aber ich zog meinen Kopf zurück, nicht, weil ich Angst hatte, nein, sondern weil sie nach Zigaretten und Bier rochen, diesen Geruch kannte ich von meinem Vater, und schon bei ihm mochte ich es nicht. Einer der Typen sagte: »Der blinzelt ja überhaupt nicht. Ganz schön unerschrocken, nicht schlecht, der Kleine. Wenn er mal groß ist, kannst du noch was von ihm lernen. Der ist etwas Besonderes, der ist mit der Erde verbunden, ich sehe so was. Der weiß, wo er steht, und wird dir mal sagen, wo es langgeht, wenn du den Weg verloren hast.« Mein Onkel blieb kurz stumm, die Typen um ihn herum klopften ihm auf die Schulter und gingen zu ihren Instrumenten zurück. Dann blickte er mich an. Ich verstand nicht, was sie gesagt hatten, ich war nur froh, dass sie wieder in einiger Entfernung von uns standen. Mein Onkel nahm einen langen Zug von seiner Zigarette und pustete den Rauch weit weg von uns. Dann zwinkerte er mir mit dem linken Auge zu.

Kurze Zeit später, ich war gerade vertieft in mein Toast-Sandwich mit ordentlich viel Ketchup, kam eine junge Frau mit langen, braunen Haaren auf uns zu. Sie war schlank und trug eine enge, dunkle Jeans, dazu eine Lederjacke, wie ich sie von Motorradfahrern kannte. Sie gab meinem Onkel einen Kuss auf den Mund. Ich blickte weg und schämte mich ein wenig, weil ich ihre Zunge sah, ein wenig angewidert war ich und wollte meinen Toast weiteressen. Als die junge Frau sah, dass ich meinen Kopf wegdrehte, musste sie lachen.

Mein Onkel stellte mich vor: »Das ist mein Neffe.« Sie schaute mich an und sagte: »Er sieht dir sehr ähnlich, derselbe Mund, die Ohren, die Nase.« »Und was ist mit den Augen?«, fragte er nach. »Nein«, sagte sie mit einem Schmunzeln. »Die Augen sind anders.«

Sie gab mir die Hand. »Wie heißt du?«

»Alen.«

»Ein schöner Name. Ich heiße Monika.« Dann verschwand sie hinter die Theke. Sie warf ihre Lederjacke zur Seite und begann, Bier für die Gäste zu zapfen.

Jemand brachte uns eine Cola und ein Bier.

Dann ging es los. Die Musik. Sie hörte sich genauso an wie die, die ich mit meinem Onkel immer hörte, in seinem Zimmer bei meinen Großeltern.

Kurz darauf war der Laden voll. Die Leute sahen alle so ähnlich aus wie mein Onkel, lange Haare, Bärte, Zigaretten, Frauen in engen Jeans. Alle sahen gleich aus. Mein Onkel war hier kein Fremder. Es machte hier keinen Unterschied, wer man war oder woher einer kam. Alle hatten denselben Look. Sie hörten dieselbe Musik, sie liebten dieselben Frauen, die Frauen liebten all die Männer, die hier waren. Sie alle waren gleich. Alle gleich verrückt. Die Musik war wichtig. Die Sprache war egal. Die deutsche Sprache war nicht wichtig. Man bestellte in allen möglichen Sprachen im Café Oktober, selten auf Deutsch. Die Musik wurde englisch gesungen. Oder so in etwa. Der Laden war brechend voll und überall war Rauch. Man sah nichts mehr. Man hatte nur noch eine Ahnung von allem. Ich war satt und wollte nie mehr nach Hause. Ich schaute ständig nach der Band, in der Hoffnung, dass sie nicht aufhören würde zu spielen. Ein Song folgte dem anderen. Ich war mittendrin.

Der Tag, an dem ich in Vrams Zimmer wollte und die Tür nicht aufging, weil mein Opa das Zimmer abgeschlossen hatte, bleibt für immer in meinem Gedächtnis. Das Zimmer war zu, und Vram war fort. Ich wagte nicht, meinen Opa zu fragen, ob er mir das Zimmer aufschließen würde. Nein. Ich sagte nichts. Ich hatte keine Fragen, weil ich die Antworten nicht hören wollte.

Alles, woran ich mich aus dieser Zeit mit den Freunden meines Onkels und Monika erinnere und was ich aus dieser Zeit weiß, sind einige wenige Momente. Vram und Monika besuchten uns manchmal. Einmal überraschte ich sie, wie sie sich in dem Schlafzimmer meiner Eltern küssten, während Papa im Wohnzimmer saß und Mama in der Küche war. Monika nahm mich oft in die Arme, und wir spielten ab und zu. Sie waren sehr verliebt ineinander und wollten heiraten, aber daraus wurde nichts. Weil meine Großeltern, so sehr sie Vram in Ruhe ließen, solange er jung war, doch genaue Pläne mit ihm hatten. Er sollte ein Mädchen aus unseren eigenen Reihen heiraten, aus der Türkei oder aus dem Libanon oder sonst woher aus dem Nahen oder fernen Osten. Heute glaube ich, dass sie ihm deshalb die Freiheiten gaben, die ihre anderen Kinder nicht hatten, damit sie ihm anschließend die Dinge so vorschreiben konnten, wie sie es wollten. Eine Art Welpenschutz, bis mein Onkel im Chor unserer Familienherde mitheulen würde. Eins wurde dabei deutlich: Meine Oma und mein Opa spielten immer nur die Dummen, so hielten sie sich den Rest der Familie vom Leib. Aber sie waren nicht dumm, und zu gegebener Zeit zeigten sie ihr wahres Gesicht.

Eines Tages, in einem Istanbul-Urlaub, stellten sie meinem Onkel ein armenisches Mädchen vor. Sie erklärten, er müsse sie heiraten, aus Tradition und Respekt vor der Familie, und wenn er das nicht tue, wäre er nicht mehr Mitglied der Familie, und sie müssten ihn enterben. Als wäre dies nicht genug, suchten sie Monika auf und teilten ihr mit, dass ihr Sohn sich verlobt habe und ein armenisches Mädchen heiraten werde. Mit ihr, Monika, spiele er nur ein Spielchen, da tobe er sich aus, sozusagen. Welche Rolle meine Mutter dabei spielte, weiß ich nicht. Es wird gemunkelt, dass sie gemeinsame Sache mit meinen Großeltern machte. Ich will glauben, dass meine Oma und mein Opa ihre Tochter dazu genötigt haben. Ich will glauben, dass meine Mutter das machen musste. Ich habe sie nicht gefragt, wie es war. Angst vor der Wahrheit? Ich will es nicht wissen. Ich werde sie nicht fragen.

Daraufhin trennten sich die beiden. Von Monika habe ich seitdem nichts mehr gehört.

Mein Onkel haute ab. Nach Amsterdam. Mit siebzehn. Und Monika machte im selben Jahr Abitur. Sie ging zum Studium nach Lateinamerika. Nach Argentinien. Was mein Onkel in Amsterdam tat, sprach sich schnell herum. Es gab Zungen, die erzählten, dass er auf dem Amsterdamer Fischmarkt arbeite und sich irgendwie durchschlage. Aber niemand wusste es genau. Es kamen keine Anrufe. Keine Briefe. Keine Besuche. Meine Großeltern sprachen mit mir nicht mehr über ihn. Hinter verschlossenen Türen wurde leise konspirativ über meinen Onkel geflüstert. Nie in großer Runde. Ich schnappte hier und da mal was auf, wenn ich mir in der Küche Milch holte und dort meine

Mutter und meine Oma flüstern hörte. Ein Satzfetzen hier. Ein paar Worte da. Sonst ein großes Schweigen. Oder ich hörte etwas, wenn mein Opa oder mein anderer Onkel mit meinem Vater im Wohnzimmer saßen. Ich hörte Worte wie: Fischmarkt, Imbissbude, Autos hin Autos her, Militär, abgehauen.

Alles ging den Bach runter. Die Familie fiel weiter auseinander. Sie sprachen kaum noch miteinander. Meine Großeltern sah ich immer seltener.

Das Zimmer meines Onkels blieb verschlossen. Selbst als ich es Jahre später einmal öffnen wollte, ging die Tür nicht auf. Meine Oma pfiff mich zurück, ich solle da weggehen, das sei kein Ort für mich. Kein Ort mehr für mich. Ich kehrte ins Wohnzimmer zurück, meine Oma blieb noch eine Weile in sich versunken vor der Tür stehen. Dann folgte sie mir. Ob ich meinen Onkel irgendwann wiedersehen würde, wusste ich nicht. Das Zimmer blieb verschlossen. Mein Opa tropfte sogar Wachs ins Schlüsselloch, damit man nicht mehr hineinschauen konnte.

Doch dann vor fünf Monaten, an einem Sonntagmorgen, kam der Anruf von meinem Onkel. Über zehn Jahre hatte ich nichts von ihm gehört. Ich hatte seine Stimme am Telefon zuerst nicht erkannt. Als ich verstand, dass er es war, wollte ich den Hörer an meine Mutter weitergeben. Ich wusste nicht, was ich sagen sollte. Aber er wollte nicht mit meiner Mutter sprechen, er hatte wegen mir angerufen, er wollte mich sehen. »Du musst mich treffen. Im Nordpark. Beim Minigolfplatz. Direkt neben dem Teehaus. Dort ist eine kleine grüne Bank. Ich sitze da und warte auf dich. Wenn du kommst, setz dich einfach zu mir und sag niemandem, dass du mich triffst.« Dann legte er auf.

Ich wusste nicht, was ich von dem Anruf halten sollte. Aber ich setzte mich auf mein Fahrrad und fuhr zum Park. Ich raste wie ein Verrückter.

Ich fuhr direkt zu der Bank. Von weitem schon sah ich einen Mann dort sitzen. Er hatte einen dunklen Mantel an, sein Haar war etwas grau und kurz, er trug keinen Bart mehr. Er war dünner, als ich ihn Erinnerung hatte. Obwohl er nur zehn Jahre älter war als ich, wirkte er, als wären es dreißig. So, wie er es gewollt hatte, kam ich allein. Er blieb auf der Bank sitzen und rührte sich nicht, als ich mich neben ihn setzte. Er schaute mich nicht an. Ich konnte kein Wort sagen. Dann fing er an zu sprechen. Vielleicht hatte er aber auch schon die ganze Zeit vor sich hin geredet, und ich bemerkte es erst jetzt.

»… ich trage großen Hass auf dich in mir, Gott den All-mächtigen nennen sie dich, Wesen aller Wesen, das mich geblendet hat in meiner höchsten Not, mich verraten hat im größten Hunger nach Licht, du hobst mich aus der Taufe allzu hoch … mein Glück lebendig begraben, aus den Tiefen der Erde hat Gott mich herausgeholt und dann … schau mich an, Fremder, die Zähne fallen mir aus, nur weil ich seinen Worten vertraut habe. Ich glaubte, ich wäre sein Prophet, doch ich war verloren in dem Moment, als ich meinem Herren Glauben schenkte … mein Gott ist ein Lügner … es ist egal, ob der Mensch da ist oder nicht, die Welt dreht sich auch ohne ihn weiter, der Mensch interessiert nicht, tot oder lebendig, bla bla bla, arbeiten schlafen arbeiten schlafen ... Gott hat mein Herz in die Tiefen der Hölle verbannt und mich in bodenloser Trauer versenkt, mein Herz hängt aufgespießt an einer Dornenkrone, die ich mir auf den Kopf lege, ich kann dich nicht durch meinen Zorn erpressen, mein Gott, ich vergebe dir, aus meinem Fleisch nahmst du Eva, durch sie geriet ich ins Unheil, ich hätte niemals lieben sollen, sie vertrieb mich aus dem Paradies, und ich zerstörte das bisschen Glück, Habgier, Ruhmsucht, die Hölle, das bin ich, wer brachte mich auf die Welt ... alles kleine Automaten da unten, Menschenautomaten, kleine Roboter, arbeiten schlafen arbeiten schlafen, dann ist alles Staub ... Adams Mutter war die Erde, er lebte von der Erde Frucht, die Erde war noch eine Jungfrau, jetzt sage ich, wie die Mutter Erde ihre Unschuld verlor: Adam war der Vater von Kain, und der schlug Abel tot.«

Er verstummte. Ich hatte es nicht gewagt, ihn zu unterbrechen. Er blickte stur geradeaus, als wäre ich gar nicht vorhanden. Aber er hatte mich schließlich hergerufen. »Ich verstehe nicht, was du meinst«, sagte ich. Mein Onkel drehte sich zu mir um, seine Augen waren gerötet. Das Weiß um Pupille und Iris war nicht mehr das Weiß, das man eigentlich in einem Auge vermutet. »Das Blut, das auf die Erde gefallen ist, hat der Mutter die Unschuld genommen, und so ist der Hass der Menschen aus der Mutter Erde gewachsen. Bis heute dauert das an.« Ich unterbrach ihn und sagte, dass es mir sehr leid tue, dass ich aber wirklich nichts von dem verstand, was er sagte. Es schien mir absurd, wie er hier saß. Ich wollte, dass er mit mir kommt, nach Hause, zu meiner Mutter, seiner Schwester.

Plötzlich schrie er mich an: »Sei still und hör mir zu, du Kurva!«

Ich blieb still und regte mich nicht. Ich hätte aufstehen können und gehen. Aber das tat ich nicht. Ich war von seiner abrupt lauten Stimme zusammengezuckt. Mein Onkel fuhr leiser fort, dass »Kurva« serbisch sei. Die Sprache, die man sprechen müsse, wenn man von hier aus 2 000 Kilometer in Richtung Süden gehe und dort Rast mache, um Kraft zu sammeln, damit man auf dem Weg nach Arabistan, das noch mal 4 000 Kilometer entfernt sei, nicht verhungere. Ich solle also ruhig sein und weiter zuhören. Dann setzte er an: »Lange bin ich ohne Führer durch die Welt gelaufen. Die Freuden habe ich aufgegeben. Sie sind mir ein vager Traum geblieben. Ich muss jetzt nur noch eines: kämpfen. Denn ich trage großen Hass in mir. Ich bin ein Mann der Sünde gewesen. Ich habe mich selbst entwurzelt. Ich habe mich herausgerissen aus des Vaters Erde. Ich bin vom richtigen Weg abgekommen. Ich habe alle Heimat aufgegeben. Ich habe die Familie aufgegeben. Aber ich habe nie eine Antwort gefunden auf die Frage meines Lebens: wer ich bin.« Dann verstummte er. Er drehte sich wieder zu mir um, aber seine roten Augen blickten ins Leere. Er lächelte sanft. Vielleicht wartete er darauf, dass ich jetzt etwas sagte, dass ich nun verstanden hätte. Aber ich blieb stumm. Er strich mir über das Haar. Er nahm sich eine Zigarette. Zündete sie an und zog an ihr und achtete darauf, dass ich den Rauch nicht abbekam. Er pustete den Rauch weit weg von mir.

Ich schlug vor, ob er nicht doch mit mir kommen wolle. Die Familie habe ihn so lange nicht gesehen. Er fragte, ob ich irgendwas von dem, was er gesagt hätte, verstehen würde. Nein, gab ich zu und sagte ihm, was ich dachte, dass er wie ein Penner auf der Straße rede. Wirres Zeug. Darauf meinte er trocken, dass es sein Unglück sei, lebendig begraben zu sein, ein Zombie. Dann verstummte er wieder. Diese Worte, Zombie, das irritierte mich, ohne dass ich sagen konnte, warum. »Weißt du, was das ist?« Ich nickte. »Nicht tot, nicht lebendig, ein Untoter«, antwortete ich. »Genau«, sagte er. »Nicht tot, nicht lebendig, nicht hier, nicht dort«, fuhr er fort. »Nicht drinnen, nicht draußen«, sagte ich. »Ja, hängengeblieben zwischen den Welten. Zombies unterscheiden nicht zwischen dem Lichten und dem Dunkeln«, fuhr er fort. »Um sie herum ist es immer grau. Sie schlafen nicht und sind nie richtig wach.« Ich wollte das Thema wechseln und fragte ihn, wo er all die Zeit gewesen sei. »Endlich eine gute Frage«, sagte er, es sei eine gute Frage, aber die falsche. Ich blieb hartnäckig: »Wo warst du?« Mein Onkel stand auf und schlug vor, ein wenig zu gehen. Ich stand ebenfalls auf, und wir gingen den Parkweg entlang. Vorbei an der Minigolf-Anlage. Man hörte fröhliches Lachen. Jemand hatte eingelocht.

Wir standen auf einer Anhöhe, von der aus man die Silhouette unserer Stadt sah. »Schau nur: Kauf-ich-mir-ein-Auto-ja-ein-Auto-kauf-ich-mir-ein-Kleid-ja-ein-Kleid-kauf-ich-mir-ein-Wurstbrot-jaja-kauf-dir-ein-Wurstbrot. Hörst du das auch? Na los, Kurva, komm schon, sag schon, hörst du das auch?« Ich gab ihm zu verstehen, dass ich nichts hörte. Er sagte, dass er solche Typen wie mich tagaus tagein auf die Welt kommen, aufwachsen und scheißen sehe. Und dann in der Bedeutungslosigkeit der Welt wieder verschwinden. So was wie mich gebe es überall auf der beschissenen Welt. Ich solle ihm glauben, er habe die Welt gesehen. Er sagte, es gebe doch hier einen Bahnhof, und dann fragte er mich, ob ich denn schon mal irgendeinen Zug irgendwohin genommen hätte. Nein, gab ich zu, ich sei noch nie weg gewesen. »Was weißt du über dich? Wie kannst du überhaupt etwas von dir wissen, wenn du nicht fortgehst? Du gehst den ganzen Tag durch diese Gegend, und nichts von allem gibt dir Ruhe, oder? Du suchst Antworten und findest keine, egal, ob du in den Club gehst oder ein Mädchen küsst. Den ganzen Tag läufst du auf und ab und fragst dich, ob das schon alles gewesen ist in deinem Leben. Diese Leere treibt dich überallhin, sogar zu so einem Penner wie mir, der einmal dein Onkel war und jetzt wie ein durchgeknallter Junkie wirres Zeug redet. Ich weiß, dass du nichts von dem begreifst, was ich sage. Aber dennoch bleibst du hier neben mir. Und gehst mit mir durch den Tag. Und schweigst. Weil du eine Antwort suchst. Eine Antwort. Aber die Frage, in deinem Kopf, die hat sich noch gar nicht gestellt. Zunächst musst du dir eine Frage stellen. Dann kannst du nach einer Antwort suchen. Wer bin ich? Was mache ich hier? Wo komme ich her? Wo gehe ich hin? Hast du dich das noch nie gefragt?«

Ich antwortete wieder nicht.

»Ich sage dir, du bist wie ein Buch, ein Buch voller Geschichten und Fragen und Antworten. Aber du kannst dieses Buch nicht lesen. Es ist in einer fremden Sprache geschrieben, die du noch nicht kennst. Ich will sie dir beibringen. Aber dazu musst du mit mir kommen. Ich will dir an dieser Stelle nur den Prolog erzählen. Der Rest, der weitere Verlauf des Buches, die folgenden Kapitel, der Fortgang der Geschichte, das bleibt dir überlassen.«

Wir gingen tief in den Park hinein. Die Bäume wurden dichter, und der Weg immer schmaler, schottiger, der asphaltierte Weg zog sich zurück. Mein Onkel holte Atem und legte los:

»Alles begann vor langer Zeit. Der Großvater meines Vaters, mein Urgroßvater, dein Ururgroßvater, hatte drei Brüder. Die vier Brüder beschlossen, als der Erste Weltkrieg ausbrach, ihr Hab und Gut, welches sich die Familie über die Jahrhunderte erarbeitet hatte, zu verkaufen. Die Brüder ließen ihren Besitz in Gold aufwiegen und teilten das Gold untereinander auf. Jeder bekam einen großen Tonkrug gefüllt mit Goldmünzen. Dann begann der Krieg. Die Brüder trennten sich und flohen mit ihren Familien in verschiedene Richtungen. Aber der vierte Bruder, der Jüngste, blieb zusammen mit seiner Verlobten im Heimatort. Er nahm seinen Goldkrug und verschanzte sich mit seiner Frau in den Halbhöhen des Ararats. Dort begann er mit anderen einen Partisanenkrieg. Als seine Frau schwanger wurde, brachte er sie in ein Dorf. Dort konnte sie in Ruhe das Kind zur Welt bringen. Dieses Kind wurde der Vater meiner Mutter. Der junge Mann begrub das Gold in dem Dorf. Den Ort flüsterte er seiner Frau ins Ohr. Dann ritt er zurück in die Berge. Während der Mann kämpfte, starb seine Frau wenige Tage nach der Geburt. Das Kind überlebte. Das Geheimnis des Goldkruges nahm die Frau mit in ihr Grab. Als der junge Mann vom Tod seiner Frau erfuhr, stürzte er sich noch todesmutiger in die Kämpfe. Er wurde zum berüchtigten Schwarzen Totil. Totil ist eine Abkürzung von Anatol, und weil er keine Gnade mit seinen Gegnern kannte und immer nachts zuschlug, nannte man ihn den Schwarzen Totil. Schließlich wurde er gefasst und öffentlich auf einem Dorfplatz hingerichtet. Man sagt, dass durch die Reihen der Dorfbewohner ein erleichtertes Seufzen ging, als die Kugeln der Soldaten den Körper des Schwarzen Totil durchbohrten. Die Soldaten mussten sich dem auf dem Boden liegenden Körper nähern und zwei zusätzliche Schüsse abfeuern, erst dann verließen die Bewohner den Dorfplatz. So wurde der Vater meiner Mutter, der seine Eltern nie kennenlernen konnte, von Pflegeeltern in dem Dorf aufgezogen, in dem das Gold vergraben lag. Den anderen Brüdern gelang mit Hilfe des Goldes unter schwierigen Umständen die Flucht. Die gesamte Familie zerbrach und verteilte sich auf drei Kontinente: Nordamerika, Südamerika und Europa. Doch der eine Goldkrug soll immer noch in dem Dorf sein, das mittlerweile eine Ruine ist. Er soll in den Halbhöhen des Ararats unter der Erde liegen und auf seine Entdeckung warten. Das ist die Geschichte unserer Familie«, sagte Vram. »Was weißt du über dich, wenn du die Geschichte deiner Familie nicht kennst? Irgendwann, vielleicht auch nie, wirst du mich aufsuchen, und dann wirst du eine Reise machen wollen. Eine Reise in die Heimat, in die wirkliche Heimat. Irgendwann, aber vielleicht auch nie, werden die Dinge um dich aus den Fugen geraten. Du wirst die Kontrolle verlieren. Dinge, an die du geglaubt hast und die für dich eine Wahrheit hatten, werden sich als Aberglaube und Lüge herausstellen. Du wirst richtig und falsch nicht mehr unterscheiden können. Deine Freunde und deine Lieben werden sich von dir entfernen. Du wirst einsam sein. Ganz alleine. Du wirst die Sprache, die deine Mutter spricht, nicht mehr verstehen, und deine Mutter wird die Sprache, die du sprichst, nicht mehr sprechen und nicht mehr verstehen. Es wird zwischen dir und den Menschen, die du liebst, nichts Gemeinsames mehr geben. Die Tage wirst du zählen, die Stunden, die Sekunden. An Sätzen, Worten, Silben wirst du versuchen, dich festzuhalten. Deine Gedanken werden aus Silben Worte bilden und aus Worten werden sie Sätze bilden, die für dich keinen Zusammenhang mehr ergeben. Mitten in der Nacht, wenn du im tiefsten Schlaf versunken sein müsstest, wirst du wach sein. Du wirst sehen, wie Wände, Häuser, Straßen sich von dir entfernen. Die Dunkelheit wird dich in Besitz nehmen. Stein wird Pappe werden. Und du wirst nicht die Kraft haben, diese Dinge um dich herum, die sich auflösen, festzuhalten. Dann bist du der Fremde in deinem eigenen Haus. Dann wird dein jetziges Zuhause dir keinen Trost und keine Geborgenheit mehr geben. Dein Bett, auf dem du Nacht für Nacht liegst, wird dich nicht mehr einschlafen lassen. Deine Mutter, die Bäume vor deiner Haustür, das Wasser aus der Leitung, das du immer trinkst, und die Schuhe, die du immer trägst – all das wird nicht mehr richtig sein, wird nicht mehr passen. Wenn du es bemerkst. Dann wirst du weg wollen. Eine Reise. Du wirst dich melden. Vielleicht wirst du dich auch niemals melden. Doch wenn du kommst, dann werde ich da vorne stehen und auf dich warten. Denn bevor du diese Reise nicht unternimmst, wird alles, was du tust, nicht echt sein. Du wirst ein Falschspieler sein. Du wirst dir wie ein Mensch vorkommen, der in einem anderen Körper sitzt, und die Hülle um dich herum wird wie ein Gefängnis sein. Irgendwann wirst du in dir den Wunsch verspüren, den Schatz zu suchen, und dann werde ich da sein, ich werde zusammen mit dir diesen Schatz suchen. Das Gold wartet auf uns, wir müssen nur hin und es holen.«

Mein Onkel unterbrach sein Reden. Ich hatte lange Zeit nichts gesagt. Vram blickte mich an. Er sagte, dass zwei Alens in mir seien und sich aufeinanderzubewegen. Sie werden sich verkeilen, und irgendwann werde ich zwischen diese beiden Alens geraten. Wenn ich dann kurz vorm Zerbröseln bin, werde ich ihn anrufen. Dann wird er da sein und mir helfen. Irgendwann werde ich über meinen Schatten springen wollen, und er wird da sein. Er wird mich entweder auffangen oder mir den entscheidenden Stoß in die richtige Richtung geben.

Er blieb stehen und hielt meine Schultern fest. Dann umarmte er mich. Er müsse jetzt gehen. Ich fragte ihn noch mal, ob er nicht mit mir kommen wolle, meine Mutter habe ihn so lange nicht gesehen. Er schüttelte den Kopf. Dann ging er. Ich blieb da stehen, wo er mich verließ. Ich schaute ihm nicht hinterher, ich blickte auf den Boden. Hier war nicht mehr geteert. Wir waren weit gelaufen, dieser Teil gehörte schon zum Teutoburger Wald. Vram war weg, und ich blieb zurück. Ich hockte mich auf einen herumliegenden Baumstamm. Ich verlor das Gefühl für die Zeit. Langsam dämmerte es. Der Wald wurde vor meinen Augen dichter. Es wurde kälter um mich herum. Ich wurde immer steifer. Das war mein Spiegel, dachte ich. So wie Karim ein Spiegelbild unseres Opas war, so war mein Onkel die Spiegelung von mir. Nie wieder wollte ich in diesen Spiegel schauen. Ich wollte alles vergessen, was er mir gesagt hatte. Niemals werde ich ihn aufsuchen. Niemals wieder werde ich mit ihm reden. Niemals. Niemals.

Ich erzählte niemandem, dass ich meinen Onkel getroffen hatte. Ob meine Mutter sich gefreut hätte? Ich wusste es nicht. Tage später fand ich in der Außentasche meiner Jeansjacke einen Zettel mit einer Telefonnummer. Mein Onkel musste ihn mir während unseres Spaziergangs zugesteckt haben.

Der Tag, an dem Papa ging, lichtete den Nebel, in dem ich mich eingenistet hatte. Als ob jemand das Fenster geöffnet hätte. Alles wurde so klar. Deutlich. Und jetzt? Ich vermisse die gemeinsamen Grillabende auf dem Balkon in der Siedlung. Das Schimpfen der Nachbarn, weil mein Vater das Qualmen des Grills nicht unter Kontrolle hatte. Ich vermisse die Spitzhacke meines Vaters, mit der er vergeblich versuchte, das Unkraut herauszureißen. Um Baumheide schöner zu machen, die Plattenbausiedlung im schönen Nordosten von Bielefeld. Ich vermisse seinen Stuhl vor der Haustür, auf dem er immer saß im Sommer mit einem Bierglas in der Hand. Sein Blick voller Fernweh. Bloß weg hier und nie wieder zurückkommen. Aber wohin weg? Das sah er nicht. Nur weit weg. Er sah das Naserümpfen der Nachbarn, weil er mit seiner Art etwas Südländisches, Lebensfrohes in dieses beschissene Leben hineinbringen wollte. Und heute gibt es kein Café ohne Außenterrasse. Keinen Club ohne Außenbar. Mein Vater hatte es vorgemacht. Ich vermisse morgens den vollen Aschenbecher im Wohnzimmer. Diesen Geruch von kaltem Rauch. Die abgerauchten Zigaretten, in ihr eigenes Aschebad getaucht. Ich vermisse seinen morgendlichen Raucherhusten, der das ganze Haus zum Einstürzen brachte und mich um den Verstand, weil ich nicht weiterschlafen konnte. Ich vermisse seine Essgewohnheiten: Rühreier mit Hackfleisch, Brotfladen mit Hackfleisch, Nudeln mit Hackfleisch, Porree mit Hackfleisch, Paprika mit Hackfleisch, einfach alles mit Hackfleisch. Hackfleisch. Hackfleisch! Alles Hackfleisch! Ich vermisse seinen Hang zum Nachgeben. Und ich hasse ihn dafür, dass er mich all das an ihm vermissen lässt. Weil er nicht mehr da ist. Weil er einfach zu viel von allem hatte. Weil er einfach weg ist. Nicht mehr da. Weil er einfach den Notausgang aus dem Leben gesucht hat. Zu viel vom Leben hatte er. Zu viel vom Tag. Von den Nächten. Zu viel von der Sonne, dem Regen, dem Schnee. Alles hat er nur mit sich selber ausgemacht. Ohne mich oder meine Mutter zu fragen. Zu viel von mir. Zu viel von meiner Mutter.

Und meine Mutter? Ich vermisse meine Mutter, obwohl sie ja noch lebt. Und Flo? Ich vermisse die Liebe an meiner Seite, obwohl sie existiert, um die ich mich kümmern könnte, die sich um mich kümmern könnte, wenn ich in Not bin. Ich hasse mich dafür, dass ich Dinge vermisse.

Manchmal will ich, dass die Haut, die mich umgibt, nicht ein paar Millimeter, sondern mehrere Meter dick ist, damit alles weich und warm um mich herum ist, kein Wind darf da sein, keine Kälte, kein Licht, nur eine starke warme, weiche Dunkelheit, die mich alles vergessen lässt, was ich mir wünsche, alle Träume, Glück, Zukunft, Vergangenheit, alles wird unwichtig, woher ich komme, wohin ich gehe. Ein wunschloses Unglück. Was brauche ich das Glück, wenn ich mir keins wünsche, was brauche ich das Licht, wenn ich es nicht kenne, was brauche ich die Kälte, wenn es mich niemals friert, was brauche ich Tiefe in mir, wenn alles um mich herum eh irgendwann in Schutt und Asche liegt. Platt um mich herum liegt, ich werde noch nicht einmal ein Achselzucken der Geschichte sein. Warum soll ich mich verewigen, wenn es, nachdem ich tot bin, mir ja doch egal ist, ob ich verewigt bin oder nicht, was soll ich nach Sicherheiten streben und mir das Leben versüßen, wenn am Ende des Tunnels, in den ich hineingeboren bin, kein Licht ist.

Vielleicht hätte Flo nicht in mein Leben kommen sollen, denn ich wusste, dass ich alles, was ich mit ihr gewann, irgendwann verlieren würde, und ich wollte nichts mehr verlieren. Eigentlich wollte ich Flo gleich nach unserer zweiten oder dritten Nacht einen Heiratsantrag machen, damit sie mich nicht mehr verlassen konnte. Aber ich habe es dann doch nicht ausgesprochen. Zum Glück, so ein Schwachsinn, mit Sicherheit hätte es dann mit Flo keine nächste Nacht gegeben. Und jedes Mal, wenn ich sie wieder sah, nahm ich mir fest vor, sie zu fragen, wann sie das erste Mal gemerkt hat, dass sie sich in mich verliebte. Jedes Mal vergaß ich es. Aber bald, sehr bald werde ich sie fragen.

Sonntag auf Montag. 3.00 Uhr. Ich war todmüde. Aber ich konnte nicht früher Schluss machen, nach Hause gehen oder zu Flo, ich würde sowieso kein Auge zubekommen.

»Habt ihr schon mal daran gedacht abzuhauen?« Die Frage war plötzlich in meinem Kopf, und ich hatte es wohl auch laut gesagt, ich war so müde, dass ich das nicht mehr unterscheiden konnte. Marcel und Karim schauten zu mir rüber. Flo hatte mir gestern Nachmittag diesen Floh ins Ohr gesetzt. Die beiden runzelten die Stirn, und ich wusste, dass sie noch nie darüber nachgedacht hatten. Auch wenn Marcel mal zehn Tage in L. A. war. Wirklich weg wollte keiner von hier, keiner von uns, ich kannte auch niemanden, der aus Baumheide rausgekommen ist. Hier strandet man irgendwie, dachte ich, und es gibt keinen, der einem hilft, kein Retter von Greenpeace, der einen ins Meer zieht. Baumheide ist Endstation, hier geht man irgendwann ein wie ein verirrter Wal, man trocknet aus, im Kopf, im Körper, man wird unbeweglich und steif und erstickt, die Haut reißt auf, keine Nivea-Creme der Welt schafft es, die Haut wieder zusammenzuflicken, niemand in Baumheide hat eine gesunde Haut, meine löst sich auch schon langsam auf, ich kann die stärkste Fettcreme nehmen, aber das hilft nicht, denn in Baumheide bekommst du die Pest direkt am Arsch und wirst sie nicht mehr los. Hier landen geschiedene Männer, alleine oder mit Kind, hier stranden geschiedene Frauen, alleine, mit einem Kind, mit vielen Kindern, hier enden Kinder ohne

Eltern, bei einem Onkel, der auch von seiner Frau verlassen wurde, oder auch nicht, oder bei einer Tante, die verlassen wurde, oder auch nicht, oder bei Oma, oder bei Opa, hier verenden Oma und Opa, alleine oder getrennt, ohne ihre Kinder, denn die Kinder besuchen einen hier nicht, hier kommt dich niemand besuchen, und die, die hier gelandet sind, wollen auch keinen Besuch hier, sie verbieten es sogar, und der, der es rausgeschafft hat, ist ein Held hier, der aber nicht zurückkommen darf, damit er die anderen, die es nicht geschafft haben, nicht demütigt. Nein, hierher kommt keiner. Man trifft sich lieber woanders, im Zentrum der Stadt, man nimmt den Bus, die Linie 33, zur Innenstadt, da braucht man fast 45 Minuten, 45 Minuten für zwölf Kilometer, hin und zurück sind das 1 ½ Stunden, da überlegst du sehr genau, wen du triffst und warum. Du triffst nur jemanden, von dem du wirklich was willst, Geld oder Liebe, du fährst nur in die Stadt, wenn die Stadt dich ruft, das Ausländeramt, das entweder deinen Aufenthalt verlängern will oder dich abschieben. Du weißt nie genau, woran du bist, die ganze Busfahrt über zitterst du, hast Angst vor der Entscheidung, die nicht in deinen Händen liegt, sondern in den Händen der Paragraphen und manchmal in der Willkür der Beamten, desjenigen, der dich bearbeitet und der dir hilft, wenn er an dich glaubt, wenn er das Gefühl hat, dass du kein Schnorrer bist und deinen Beitrag leisten willst. Aber wie soll einer, der in Baumheide gelandet ist, seinen Beitrag leisten, überhaupt, was soll der Beitrag von jemandem sein, der nicht hier ankommen darf, und wie soll einer seinen Beitrag leisten, wenn es nur eine Buslinie gibt, die

die Siedlung mit dem Zentrum verbindet, ein Bus, der nur zweimal in der Stunde fährt, und um 20 Uhr ist Schluss, und der Bus kostet 4 Euro hin und zurück, und das ist die Hälfte des dir am Tag zur Verfügung stehenden Budgets bei dem momentanen Hartz-IV-Satz. Und wenn du kein Auto hast, wer hat hier in Baumheide schon ein Auto, wie willst du dann zur Arbeit kommen, die vielleicht eine Schichtarbeit ist, aber so weit kommt es meistens ja gar nicht, denn Arbeit gibt es nicht ohne Abschluss, den du nicht bekommen hast, weil du die Sprache nicht kannst, weil die Schule, auf der du gelandet bist, fast zu hundert Prozent aus Leuten wie dir besteht, ohne Sprache, ohne Heimat, aus Menschen, die nicht wissen, wohin sie gehören, und zu Hause gibt es dank Satellitenfernsehen schon lange keine deutschen Programme mehr. In den Cafés und Teehäusern, im Supermarkt, sogar auf den städtischen Mülltonnen ist Deutsch nicht mehr die Sprache, in der man sich hier verständig, man spricht Türkaraberpersisch, eine ganz neue Sprache, ein Mischmasch aus allem, so versteht sich ein Saudi super mit einem Tunesier, ein Armenier super mit einem Bosnier oder ein Türke super mit einem Iraner, aber alle zusammen verstehen sich nicht mit einem einfachen deutschen Polizeibeamten, der sie nur mal so kontrollieren möchte, die deutsche Sprache nimmst du nur dann wahr, wenn dir ein Bulle über den Weg läuft, sonst klaust du dir aus allen Sprachen das Nötigste, damit du dich hier durchschlagen kannst, ja, nein, bitte, danke, Arschloch. Du kennst den Innenraum einer Moschee besser als den Innenraum einer deutschen Stadtbibliothek, denn die einzige Bibliothek in Baumheide wurde vor fünf

Jahren geschlossen, kein Geld, dafür hat Baumheide jetzt drei Moscheen, die Stadt hatte kein Geld mehr für eine Bibliothek, und die Moscheen wurden mit saudischem oder persischem Geld gebaut, denn die Moslembruderschaft hat verdammt viel Geld und wartet genau auf diese Chance. Und was macht die Stadt? Vor zwei Jahren hat sie das einzige Jugendzentrum geschlossen. Und warum? Kein Geld. Die Stadt sagt: Kein Geld, wir haben kein Geld. Wenn einer weiß, was es bedeutet, kein Geld zu haben, dann die Leute von Baumheide, die wissen, was es bedeutet, kein Geld zu haben. Also: Mund halten, denn jetzt wissen die Jugendlichen auch nicht mehr, wohin sie gehen sollen, wenn sie mal nichts zu tun haben, und hier hast du die meiste Zeit deines Lebens nichts zu tun, und was machst du dann, wenn du irgendwie an Geld kommen musst und keinen Bock auf Moschee hast, weil du da die ganze Zeit wie ein Bekloppter beten musst und die stinkenden nackten Füße deines Vorbeters nicht mehr erträgst, du fängst an zu kapieren, dass du der Welt da draußen, dem Meer da draußen, scheißegal bist und Greenpeace gerade Atomkraftwerke besetzt statt dir zu helfen, damit du wieder schwimmen kannst. Und darum fangen alle an, sich gegenseitig zu bescheißen, da holt sich irgendeiner, der sein ganzes Geld zusammengekratzt hat, ein Auto, damit er beweglicher ist, in die Stadt kann, zu seiner Nachtschicht kann, und ein anderer klaut ihm die Reifen, oder gleich das ganze Auto, und versucht, diese Reifen, oder gleich das ganze Auto, einem dritten, der mit Autos handelt, vielleicht ist es sogar der, von dem du das Auto hast, zu verkaufen, der kauft es ihm ab und verkauft es wieder, und alle sind beschissen, und jeder verarscht jeden, bis am Ende alles im Arsch ist, und niemand vertraut niemandem, und dann zieht einer die Knarre und knallt den, der ihn verarscht hat, oder auch nicht, von dem er aber denkt, dass er ihn verarscht hat, ab, und der, der verarscht hat und jetzt tot ist, hatte eigentlich auch keine andere Wahl, weil sein Vadder oder seine Mutter oder seine beschissene Schwester, sein beschissener Bruder, seine beschissene Frau oder seine beschissenen Kinder, oder wer auch immer, krank oder tot oder im Gefängnis ist, weil sie alle so nicht mehr leben wollen, nicht mehr mit der Miete im Verzug sein wollen, den Gerichtsvollzieher nicht mehr vor der Tür haben wollen, und so wandert einer ins Gefängnis und der andere ins Grab, und das Rad dreht sich weiter, die nächste Generation lernt nichts daraus, und das sind die einzigen Wege raus aus diesem Viertel, rein ins Gefängnis, rein ins Grab. Da mag jeder erzählen, was er will, die Nicht-Baumheider, da mögen sie sagen, das sei Sozialkitsch, da mag jeder außerhalb von Baumheide denken, das sei Betroffenheitslaberei, das sei alles so nicht wahr, wir seien nicht in den Slums von was weiß ich wo, hier gebe es ein soziales Netz, hier müsse niemand hungern, hier habe jeder eine Chance, der nur wirklich wolle – nein, hört gut zu: Fickt euch, ihr Staatsanwälte, Richter, ihr Bürgermeister, fick dich, du Bielefelder Senat, der noch nicht einmal, so lange ich hier bin, hier durchgelaufen ist, fick CDU, SPD, FDP, fick die Grünen und abgefickten Linken, erst recht, fickt euch, ihr Lehrer, ihr Bullenschweine, fickt euch, ihr Besserwisser, fickt euch, ihr Besserverdiener, fickt euch, ihr Sozialarbeiter, Pfarrer, Imame, fickt euch, ihr Rattenfänger, fickt euch, ihr Christen, Moslems, Juden und die abgefuckten Buddhisten, fick dich, du Bombenleger, fick dich, du Staatsschützer, fick Deutschland und die ganze Welt drumherum, die dieses Viertel umgibt! Alle haben Baumheide vergessen, denn die Stadt hat kein Geld, weil sie das ganze Geld in den Arsch ihrer eigenen Klientel stecken muss, oder was weiß ich wohin, eine neue Stadthalle vielleicht, falls mal Michael Wendler oder Howard Carpendale, der doch wieder singen will, oder endlich mal »Wetten dass ...???«, ja, Gottschalk und das ZDF, nach Bielefeld kommen, so bleibt das zu verteilende Geld in den eigenen Taschen, denn die Verlierer gehen nicht zur Wahl, ich kenne niemanden in Baumheide, der wählen geht, und die Verlierer zahlen keine Steuern, aber, ich sage euch: Baumheide nimmt sich das Geld, das es braucht, überleben will hier jeder, irgendwie, auch wenn ihr es ihnen nicht gebt, alle zahlen dafür.

Nein, ans Weggehen denkt keiner hier, weil das Überleben alle Energien aufbraucht, weil all deine Träume und Wünsche und Ausbrüche erschöpft sind, alles ist pulverisiert, du willst nur irgendwie den Tag rumkriegen.

Baumheide hat noch nicht einmal ein Pizza-Taxi.

Und deswegen konnten mir Marcel und Karim auch keine Antwort auf meine Frage geben, weil sie nicht an ein Leben außerhalb von Baumheide glaubten. Meine Frage blieb unbeantwortet und verhallte im Vorraum des Clubs. Sie war endgültig fort, als ein Gast kam, der feiern wollte, das war sein gutes Recht, und für mich war es Arbeit. So konnte ich mein Geld verdienen, und darum ging es schließlich, Geld verdienen, sich über Wasser halten, irgendwie sauber bleiben, alles, was ich wollte, war: irgendwie sauber bleiben und überleben. Das war mein Traum. Auch wenn sauber zu bleiben der schwierigere Weg ist.

4 Das Glashaus. Sonntag. Kurz vor 23 Uhr. Es begann die letzte Nacht, in der ich an dieser Tür arbeiten würde. Aber das wusste ich noch nicht.

Etwas mehr als eine Stunde war vergangen, ich hatte es nicht gemerkt. Die Zeit dehnt sich. Man verliert das Gefühl für die Zeit. Nirvana. So muss sich Buddha fühlen. Ein ewiges Nichts. Mein ganzes Leben ein langer Augenblick. Eine Existenz in Ruhe und Stille. Nicht vermissen. Nicht brauchen. Nicht wollen. Nicht geben. Keine Fäden aufnehmen. Gedankenfäden ziehen lassen, ohne sie zu knüpfen. Kein Muster suchen. Nicht weben. Nichts spinnen. Keine Zusammenhänge suchen. Nicht fragen, warum alles so ist, wie es ist. Warum alles so gekommen ist.

0.13 Uhr. Montag. Die Worte aus dem Großen Brockhaus, die Flo mir vorgelesen hatte, gingen mir durch den Kopf. Tragik. Bedeutet: unverschuldetes Unglück. Kluger Satz. Hilft nur nicht, wenn man bis zum Hals in der Scheiße steckt. Rauskommen muss man trotzdem aus seinem Unglück, egal ob man selber daran schuld ist oder jemand anders oder die Götter. In siebzehn Stunden sollte ich in der ausweglosesten Situation meines Lebens stecken. In die ich hineingeraten bin, ohne es zu wollen. Hineingezogen wie in einen Tornado, nur weil man zur falschen Zeit am falschen Ort ist. Tragisch, so ist das Leben, du kannst dich drehen und wenden, wie du willst, du kannst nichts kontrollieren, nichts beeinflussen, du bist allem und jedem ausgeliefert. Du bist ein Stück Holz in einem reißenden Fluss. Es könnte schlimmer sein, dachte ich, wenigstens gehst du als ein Stück Holz nicht unter. Die Hauptsache ist, nicht unterzugehen. Nur die Kontrolle über dein Leben hast du nicht.

1.30 Uhr. Ich rutschte ungeduldig auf meinem Hocker hin und her. So war das. Eine Stunde zuvor hatte ich wie ein unbeweglicher Frosch auf dem Hocker gesessen. In mir ruhend. Mir genügend. Jetzt passte gar nichts mehr. Ich wollte Flo sehen. Ich wollte etwas essen. Am liebsten die gefüllten Teigfladen, die meine Mutter machte. Ich wollte nicht mehr arbeiten. Ich wollte weg.

Ich wollte zu Flo. Denn sie hatte mir etwas sagen wollen, das ich wissen sollte. Seit Tagen schon. Sie hatte mich ja gebeten, Samstag früh unbedingt gleich nach der Arbeit zu kommen. Und dann hatte sie den ganzen Morgen kein Wort dazu gesagt. Und ich dachte, es wäre vielleicht doch nichts. Doch nachmittags fing sie wieder davon an. Wir müssten nachher mal reden. Ja, was ist denn, dann erzähl es mir doch, hatte ich sie gebeten. Aber sie sagte es mir nicht. Später, später, meinte sie, nicht jetzt. Und es wurde immer später und später. Und dann musste ich zur Arbeit. Sie hat es mir nicht erzählt. Als ich los musste, sagte sie, dass wir Sonntag früh sprechen würden. Ich solle erstmal den Kopf frei haben für die Arbeit. Damit ich nicht eins auf den Deckel kriegte. »Eins auf die Schnauze«, sagte ich. »Nein, Deckel«, erwiderte sie. »O. k., Deckel«, ich gab nach und bat sie noch mal, mir zu erzählen, was los sei. Sie tat es nicht. Sie könne es mir noch nicht sagen, weil sie noch darüber nachdenken müsse, ob sie es mir überhaupt sagen wolle. Es sei noch nicht der richtige Zeitpunkt, sie habe sich nicht endgültig entschieden. Entschieden. Wofür entschieden? Sie ist schwanger, dachte ich. Klar, dachte ich, das ist es. Sie wird es mir erst dann sagen, wenn sie sicher ist, dass sie das Kind bekommen möchte. »Also, egal was ist«, sagte ich und schaute unwillkürlich auf ihren Bauch, »ich bin immer auf deiner Seite.« Sie fing an zu lachen. »Ich sage dir, was es auf jeden Fall nicht ist: Ich bin nicht schwanger.« »Gut«, sagte ich. Gut. Jetzt rechnete ich mit dem Schlimmsten. Sie will mich verlassen, sie hat einen anderen. Aber so sah sie nicht aus. Sie hatte mich den ganzen Tag angefasst. Sie hatte mich geküsst, wenn sie wollte, und ich hatte sie geküsst, wann ich wollte. Kein Ausweichen. Kein Entziehen. Dennoch fragte ich sie danach. »Nein«, sagte sie und lächelte, »es gibt keinen anderen.« »Aber dann kannst du es mir doch sagen!« Sie blieb stur. »Nein. Wir sprechen morgen darüber.« Dann ging sie, nicht ohne mir einen Kuss zu geben. Ich hatte nicht mehr nachgefragt. Ich kannte Flo inzwischen. Wenn sie nicht sprechen wollte, lächelte sie und senkte leicht ihren Kopf. Ein schöneres Nein gab es nicht. Und ich nahm ihr Nein und ging.

Sonntagnachmittag 17.00 Uhr. Oetkerpark. Flo lief den Hügel hinunter, und ich schaute ihr hinterher. Nicht ein einziges Mal drehte sie sich um. Dann war sie weg. Bilder, die sich einbrennen. Auch wenn sie in dem Moment keine Bedeutung haben. Später schon.

00.00 Uhr im Glashaus. Sonntag auf Montag. Ich saß reglos und ließ den Tag in mir vorbeiziehen. Sie meint es ernst, dachte ich. Aber was meint sie, fragte ich mich. Was will sie von mir? Ich blieb noch eine weitere Stunde auf meinem Hocker sitzen und ließ die Fragen durch meinen Kopf ziehen. Ich bewegte mich nicht. Das kann ich gut, sagte ich mir. Ich kann mich sehr gut nicht bewegen. Ich bleibe einfach sitzen. Auch wenn sich alles um mich herum bewegt. Sich alles verändert. Ich nicht. Ich bleibe immer gleich. Regungslos. Unbeweglich. Steif. Tot. Obwohl ich alles mitbekomme. Aber ich nehme nicht teil. Mittendrin und doch außen vor. Da bin ich. Und dann hatte ich die Antwort. Flo wird mir genau das vorwerfen, dachte ich. Sie wird weggehen und mir sagen, dass sie weitermuss. Nicht so leben kann, wie ich es tue. Sie kann die Dinge nicht aussitzen. Sie muss die Dinge anpacken. Und ich? Was soll ich anpacken? Hier? Ich bin ganz steif vor Müdigkeit.

Sonntagnachmittag. 16.30 Uhr. Oetkerpark. Flo fragte mich, ob ich mir vorstellen könne, jemals woanders zu leben als in Bielefeld. Darüber hatte ich noch nie nachgedacht. Das sagte ich ihr. Ich hatte ihr nichts von der Begegnung mit meinem Onkel und von seinen sonderbaren Worten erzählt und seiner Geschichte von diesem Schatz. Ich hatte auch nicht weiter darüber nachgedacht.

»Ich kann nicht weggehen. Ich kann meine Mutter nicht alleine lassen«, sagte ich. »Das würde sie umbringen.«

»Und was ist, wenn das Leben hier dich umbringt, wenn du nicht weiterziehst?«, fragte sie mich. »Es kann ja nicht sein, dass man ein Leben lang an dem Ort bleiben muss, an dem man geboren und aufgewachsen ist.«

»Aber dein Opa und deine Oma wohnen doch auch immer noch hier. Und deine Eltern.«

Sie hatte mir von ihren Großeltern erzählt und dem alten Haus mit dem riesigen Obstgarten. »Ja, meine Familie lebt schon viele Generationen in Bielefeld. Aber ich bin anders. Ich bin wie eine Nomadin.«

Ich wusste nicht, was das genau heißen sollte, und fragte sie, was sie damit meinte.

»Nomaden sind Wandervölker«, erklärte sie mir. »Sie wandern in der Wüste umher, ziehen der Sonne hinterher, immer dem Frühling nach, wegen ihres Viehs. Nomaden sind frei, sie ziehen durch alle Länder des Kontinents. Tiere kennen keine Grenzen, und deshalb kennen auch die Nomaden keine Grenzen. Weil es für sie keine Grenzen gibt, werden sie von denen, die Grenzen haben, einfach durchgewunken. Sie haben auch keine Pässe. Gar nichts haben sie. Nur den Frühling haben sie vor ihren Augen und die Tiere, denen sie folgen.« Sie hielt kurz inne und sagte, dass es da draußen ja noch so viele Dinge zu entdecken gebe. Menschen. Städte. Länder.

Ich war mir nicht sicher, ob das stimmte, was sie sagte, dass man umherziehen und die Welt entdecken müsse. Mir war hier schon manchmal alles zu viel. Mir war schon das ganze Rein und Raus an der Tür manchmal zu viel, all die Gesichter.

Sie blickte mir nicht in die Augen. »Hast du nie Fernweh?«, fragte sie mich.

Ich konnte mich nicht erinnern, dass irgendwer je dieses Wort benutzt hatte in meiner Umgebung. Fernweh ist das Gegenteil von Heimweh. Fernweh ist, wenn man weg will, Heimweh ist, wenn man zurück will. Ich habe bisher weder das Wort Fernweh noch Heimweh je im Mund gehabt. Auch kein anderer, den ich kenne, außer Flo, in diesem Moment zum ersten Mal.

»Nein«, antwortete ich. Das war eine Lüge. Was ich aber zu diesem Zeitpunkt nicht wusste. Denn ich war durchdrungen von diesen beiden Begriffen in meinem Leben. Es war mir nicht bewusst. Alles um mich herum kreiste in Wirklichkeit um diese beiden Begriffe: der Tod meines Vaters, das Verhalten meiner Mutter, mein seltsamer Onkel, meine schrägen Großeltern, einfach jeder, der mit mir zu tun hatte, rieb sich an diesen beiden Worten, Heimweh, Fernweh, den Himmel berühren.

Eine Weile schwiegen wir. Dann sagte sie, dass sie heute nicht so lange könne, sie müsse noch eine Freundin treffen. »Wollen wir nicht noch was zusammen essen gehen?« Nein, das müsse ich ohne sie machen, wehrte sie ab. Sie müsse ihre Freundin treffen, allein. Dann lief sie den Hügel hinunter.

1.40 Uhr. Glashaus. In der Nacht von Sonntag auf Montag wird noch heftiger gefeiert. Das sind Leute, die montags nicht zur Arbeit müssen. Ihnen ist alles egal. Die Leute brauchen alles heftiger. Die Musik ist lauter, weil sie sich gar nicht mehr unterhalten. Sie wollen nur tanzen und trinken. Hochprozentiges geht in diesen Nächten drauf. Wodka, der macht am nächsten Tag keinen Schädel. Aber er macht die Leute in der Nacht aggressiver.

Stumm blickte ich auf den Monitor über der Tür. Dann fragte ich Marcel, ob ihm aufgefallen sei, dass Karim überhaupt kein Mädchen anquatschte, nur ab und zu mit irgendwelchen Typen sprach, die ich nicht kannte. »Der ist doch verliebt«, sagte Marcel. »Karim verliebt?« Davon wusste ich gar nichts. »Ziska«, sagte Marcel beiläufig. »Die ist doch Toms Freundin?!« Marcel zuckte nur mit den Schultern. »Ich hab's gesehen.«

Ziska war vor drei Monaten zum ersten Mal im Glashaus aufgetaucht. An ihrer Seite ihre Handtasche: Mia. Sie sah viel jünger aus als Ziska, aber sie gingen in dieselbe Klasse. Als ich sie nicht reinlassen wollte, versicherten mir beide, dass sie achtzehn seien. Ich wusste, dass sie in die Neunte gingen. Und wie sollte man da achtzehn sein, es sei denn, man wäre dreimal sitzengeblieben. Aber wie Sitzenbleiberinnen kamen sie mir nicht vor, dafür waren ihre Augen viel zu aufgeweckt. Viel zu klug. So wie sie auftraten. Fuck-tha-world-mäßig. Klar und durchdringlich, wie Mädchen eben, die wissen, wie sie etwas erreichen. Auf keine Almosen angewiesen. Die hoch hinaus wollen. Die sich nicht durch scheiß Noten aufhalten lassen. Egal, ob sie aus Baumheide kommen. Irgendwie mochte ich die beiden. Aber Job ist Job, dachte ich damals, wenn ich den hier nicht richtig mache, dann macht es ein anderer und steckt die Kohle ein.

Also, ich blieb dabei, ich wollte die Ausweise sehen. Die Mädchen schauten mich mit einem qualvollen Blick an. Ich ließ sie in den Club. Ich warf einen Blick rüber zu Marcel, der in sein Sandwich biss. »Die Kleine, Mia, ist süß, oder?«, meinte ich zu ihm, in der Hoffnung, dass er endlich mal ein Mädchen ansah, endlich mal eine klarmachte. Er verschluckte sich. Er wischte sich über den Mund und nuschelte, dass sie hübsch sei, aber dumm. Da wusste ich, dass sie ihm gefiel. Aber das würde er niemals zugeben. Seit ich sie an dem Abend reingelassen hatte, kamen Mia und Ziska regelmäßig. Ich hoffte, dass es irgendwann zwischen Marcel und Mia funkte. Denn immer, wenn die beiden sich hier im Eingangsbereich über den Weg liefen, umkreisten sie sich wie zwei Tangotänzer. Beide waren bemüht um Abstand, um den richtigen Abstand, der den Raum zwischen ihnen zum Schwingen brachte. Ich wusste, dass Mia die Frau seines Lebens werden könnte. Ihre Körper wussten es in diesen Momenten, wenn sie voreinander standen und aneinander vorbeigingen, auch. Aber ihre Köpfe waren noch nicht ganz auf der Höhe.

Gedankenversunken lehnte ich mich an die Wand, ich schloss die Augen leicht, so dass ich noch alles mitbekam. Ich sah, dass Mia die Treppe hochkam aus dem Club und sich zu Marcel stellte. Ich tat so, als würde ich es nicht mitbekommen. Schönes Paar, dachte ich. Marcel war es unangenehm, ich tat so, als würde mich das Ganze nicht interessieren, und drehte meinen Kopf weg.

»Was ist das, was du da an deinem Nacken hast?«, fragte Mia. Marcel drehte sich nicht zu ihr um und antwortete trocken, während er auf den Boden starrte: »Der heilige Geist.« »Hat Tom dir das verpasst?« Tom, dachte ich. Marcel und Tom, ich musste ein wenig schmunzeln. Marcel würde sich von Tom noch nicht einmal den Arsch abputzen lassen. Aber zu meiner Überraschung blieb Marcel ruhig. »Nein«, sagte er. »Ein Freund aus Nordhausen«. »Wo liegt denn das?«, fragte sie neugierig. So, dachte ich, jetzt schickt er sie gleich wieder nach unten. »Im Osten«, antwortete er ihr. Ich habe Marcel noch nie mehr als zwei Sätze mit einem Mädchen sprechen hören. Und jetzt das. Ein richtiges Gespräch. »Du bist schon mal raus aus Bielefeld?«, hakte sie nach. »Ja.« »Wie aufregend.« »Sag mal, willst du nicht wieder rein, ist ganz schön kalt hier an der Tür, du hast nur so ein kurzes Top an, und ich kann die Tür nicht zumachen, der Zug hier ist bestimmt nicht gut für dich …«, quälte sich Marcel. Er wollte Mia loswerden. Jetzt war er wieder ganz der Alte. Aber diese klare Abweisung ignorierte Mia tapfer. Sie weiß, was sie will, dachte ich. Mia ließ sich nicht vertreiben. »Es ist Sommer«, lachte sie, »draußen sind fast immer noch 30 Grad. Am liebsten würde ich mein Top auch noch ausziehen. Ich will mich auch tätowieren lassen, weißt du.« Unglaublich, dachte ich, sie nagelt Marcel an die Wand. Marcel resignierte, er wusste, dass er sie nicht loswerden würde. »*Woran* hast du denn gedacht?« »Ich habe an einen Drachen gedacht, der sich an meiner Wirbelsäule so hochreckt und dann seine beiden Flügel ganz sanft auf meine Schultern legt, gut ne?« »Ja, ganz klasse. Sag mal, wie alt bist du eigentlich?« »In einem Monat werde ich sechzehn.« »Ok, warte noch zwei Jahre. Das ist eine Sache, die man nicht von heute auf morgen entscheidet. So was bleibt ewig und sollte nicht aus einer Laune heraus entstehen. Als ich meine Tätowierungen haben wollte, habe ich mich tagelang, monatelang damit beschäftigt. Warum ich das haben will, was ich haben will. Es muss richtig sein im Kopf, denn das, was man unter seiner Haut haben will, bleibt für immer, das geht nicht mehr weg. Deshalb musst du dir ganz sicher sein, was du unter die Haut lassen willst, verstehst du?« Unter die Haut lassen willst, dachte ich, so habe ich Marcel noch nie reden hören. Unter die Haut lassen, ja, dachte ich. Liebe ist, jemanden unter die Haut lassen. Und Marcel war gerade dabei, Mia unter die Haut zu lassen, und Mia Marcel. Das Gespräch war wie eine Sitzung bei einem Tätowierer, beide bearbeiteten sich mit einer Nadel, einer sich unter die Haut des anderen. »Ja, du hast recht«, antwortete Mia und schwieg. Marcel saß auf seinem Hocker und nahm weiter jeden unter die Lupe, der rein- und rausging. Bis jetzt hatte wahrscheinlich kein Junge in ihrem Leben so lange mit ihr geredet, die meisten Jungs ignorierten sie oder schauten nur auf Ziska. Mia machte wie beiläufig einen Schritt näher an Marcel heran. Sie drehte ihren Kopf zu seiner Schulter und versuchte, ihn zu riechen. Als sie Marcel zu nah kam, drehte er sich zu ihr um, sagte aber nichts. Sie blickte ihn an, dann drehte er seinen Kopf wieder nach vorne und musterte die vorbeigehenden Gäste. Mia atmete tief durch und ging die Treppen runter. Erst als sich Marcel sicher war, dass sie wieder unten war, schaute er ihr nach. Ich tat so, als würde ich jetzt erst wieder wach werden und kehrte zu Marcel zurück.

Das eigentliche Problem ist Karim, dachte ich. Auf meine Frage, was mit Ziska und Karim sei, gab Marcel mir keine Antwort. Er schwieg. Nach einer Weile rechnete ich schon gar nicht mehr mit einer Antwort auf das Dilemma, in das sich Karim manövriert hatte, da sagte er: »Jetzt ist sie Karims Freundin.« »Du weißt, was das heißt, oder?«, meinte ich. Marcel nickte nur und sagte nichts.

Mehr war aus ihm nicht rauszubekommen. Ich würde mit Karim sprechen müssen. Daran führte kein Weg vorbei. Das konnte nicht gutgehen. Auf dem Monitor sah ich ihn mit einem Kerl reden und dann gemeinsam verschwinden. Er ging mit dem Kerl zusammen aufs Klo. Nach ein paar Minuten kam er alleine wieder raus. Der andere blieb länger auf dem Klo. Zu lange, dachte ich.

4.30 UHR. Der DJ war gut drauf. Er legte Eminem auf. Ich rappte mit:

I'VE BEEN PROTESTED AND DEMONSTRATED AGAINST PICKET SIGNS FOR MY WICKED RHYMES LOOK AT THE TIMES SICK AS THE MIND OF THE MOTHERFUCKING KID THAT'S BEHIND.

Hip-Hop kann mich aus jeder Scheiße rausholen. Wenn ich traurig bin, macht er mich fröhlich, wenn ich wütend bin, werde ich mild, wenn ich müde bin, hellwach. Und umgekehrt. Wenn ich wach bin, erschöpft er mich, wenn ich gelassen bin, werde ich aggressiv, wenn ich gut drauf bin, macht er mich traurig. Ich hasse Hip-Hop. Ich liebe Hip-Hop. Er macht mich verrückt, ich drehe durch, ich kann ihn nicht hören, und ich kann nicht ohne ihn. HIP HOP MAKES THE WORLD GO ROUND.

4.31 Uhr. Ich sah auf dem Monitor Karim, wie er erneut aufs Klo ging, mit einem anderen Typen. Ich gab Marcel ein Zeichen. Der winkte ab. Er wollte nicht mitkommen. Ich solle meinen Rundgang alleine machen. Ich ging die Treppen runter, die Musik knallte mir wie eine Betonwand entgegen. Es war Sonntag, und der Laden war unglaublich voll. Rushhour auf dem Weg ins Delirium. Ein Wettrennen um den ersten Platz im Party-Olymp.

Eine Menge Gestalten sprangen auf der Tanzfläche im Gegenlicht herum und sahen aus wie Geister, die sich nicht entscheiden können, ob sie ins Licht wollen oder nicht. Auf der Suche nach Erlösung. Was auch immer. Ich ging an der Tanzfläche vorbei, an der Theke entlang. Der Wodka floss in Strömen. Alles roch nach Alkohol und Menschen.

Ich ging rüber zu den Toiletten. Ich wartete, dass Karim rauskam. Aber er kam nicht. Ich öffnete die Tür und ging rein. Es war keiner da. Wasser lief aus einem Pissoir. Das Licht flackerte. Bläulich. Neblig. Ich muss dem Chef Bescheid sagen, dachte ich. Das Licht muss repariert werden. Sonst pinkeln die Leute überallhin, weil sie das Pissoir vom Waschbecken nicht unterscheiden können. Aber einen Scheiß wird er tun. Er wird kein Geld in die Hand nehmen, um es in den Laden zu stecken. Der nimmt den Laden aus, bis der nichts mehr hergibt. Dann geht er, und ein anderer übernimmt den Club. Übers Glashaus steigt jeder mal drüber. Es ist wie eine Hure, und ich stehe genau vor ihrer Vagina, dachte ich.

Ich ging langsam durch den Raum. Dann öffnete ich

eine Klotür nach der anderen. Bevor ich die letzte Tür öffnete, beugte ich mich runter, und ich sah: vier Beine.

Zwei davon gehörten Karim. Die Tür war verriegelt, ich trat kräftig dagegen und riss sie auf, und da stand Karim mit einem Typen. Karim hielt ein großes Päckchen mit weißen Pillen, und der andere hielt ein paar Geldscheine in seiner Hand. Ich gab dem Typen ein Zeichen, er solle abhauen. Der drückte sich an mir vorbei und verschwand sofort. Weil er mich erkannte. Ich war der Türsteher. Karim rührte sich keinen Millimeter. Er blinzelte nicht mal. Ich fragte ihn, was das sei. Er blieb still. Ich nahm ihm die Tüte aus der Hand und schaute sie mir genau an. »Von wem hast du das Zeug?« Er sah mich an und sagte nichts. »Sag es mir.« Ich blieb ruhig. »Von Tom. Das Zeug ist von Tom.« Ich machte einen Schritt an Karim vorbei in die Toilettenkabine und schüttete den ganzen Inhalt der Tüte in die Kloschüssel. Karim packte mich am Rücken und riss mich zurück. »Gib das Zeug her! Das sind 10 000!« Doch es war zu spät, die Pillen waren weg, die Toilette runtergespült. »Das ist Toms Geld! 10 000 Euro! Die will der doch zurück!«, schrie er mich an.

Ich antwortete ihm nicht. Ich drehte mich um und ging. Kurz vor der Tür blieb ich noch mal stehen. »Diesmal musst du da alleine rauskommen, Karim. Ich werde dir nicht helfen. Du hast mich benutzt, mich und Marcel. Wir haben den Laden saubergehalten, damit du in Ruhe dein Zeug verkaufen kannst und –« Ich unterbrach mich selber und ging raus. Karim brüllte hinter mir her: »Du willst mir mein Geschäft kaputtmachen! Das lasse ich mir nicht gefallen! Ich werd's dir zeigen!« Aber er kam mir nicht hinterher. Er blieb noch eine Weile auf dem Klo.

Karim hatte sich hinter meinem Rücken auf Tom eingelassen. Und ich hatte davon nichts mitbekommen. Wie lange lief das schon? Ich wusste von nichts. Karim ist mein Cousin, der ist sauber. Hatte ich gedacht. Vielleicht ging das seit Monaten so. Vielleicht lief er in den Clubs herum und verkaufte Toms Zeug. Wie alle anderen. Und jetzt begann er auch hier im Glashaus damit. Und dabei lief irgendwas schief. Wieso hatte er sich mit Toms Leuten angelegt? Wieso diese Schlägerei? Ging es um Geld? Um Ziska? Wollte Karim sein Revier markieren und Toms Leute rausdrängen? Er wollte größer werden. Er konnte nicht damit zufrieden sein, hier und da für jemanden was zu verticken. Nur die Krümel vom Kuchen zu bekommen. Dafür war er viel zu gierig, immer schon gewesen. Wahrscheinlich ging es um alles oder nichts für ihn. So war Karim. Wollte von allem etwas haben. Und wenn er etwas bekam, dann wollte er mehr. Bis nichts mehr ging. Schon als kleines Kind war er durchgedreht, wenn er nicht das bekam, was er haben wollte. Und jetzt eskalierte alles. Er legte sich mit Tom an, um ihn aus diesem Laden zu bekommen. Das sollte Karims erster Schritt sein. Der erste Schritt der feindlichen Übernahme. Ihn aus dem Laden drängen, in dem ich, sein Cousin, und sein bester Freund Marcel ihm immer, egal was kommen mochte, Schutz gaben. Und deshalb war Tom auch so bereitwillig gegangen, Freitagnacht, ohne weiteren Ärger zu machen. Weil es jetzt richtigen Ärger geben würde. Weil Karim ihm damit den Krieg erklärt hatte. Normalerweise warf niemand Tom und seine Leute aus einem Club. Normalerweise ließ er alle aus dem Laden werfen. Wenn ihm eine Nase nicht passte. Sein Rückzug hatte nur eins zu bedeuten: Tom holte aus für einen Schlag. Ein Schlag, der früher oder später uns alle treffen würde. Von dem Moment an wusste ich, dass der Schlag kommen würde, die Frage war nur: wann?

Glashaus. Dieselbe Nacht. 5.00 Uhr. Dinge, die ich tun will, bevor ich sterbe: Kaviar essen. Am Strand von Hawaii herumlaufen. Einen Porsche 911 fahren. In New York Basketball spielen. Skifahren lernen. Französisch lernen. Eine Espressobar in Genua eröffnen. Ein Erdbeben in Istanbul erleben. Heiraten. Mehr als ein Kind haben, damit keins als Einzelkind aufwächst so wie ich. Nach Moskau reisen. Nach Shanghai. Tokio. In Hollywood den Stern von Marlon Brando besuchen. Dr. Dre kennenlernen und mit ihm einen Track in seinem Musikstudio aufnehmen. Einen versilberten Baseballschläger kaufen. Flo küssen, nachts unter dem Eiffelturm in Paris. Hummer essen. Flo einen Diamanten schenken. Eine Havanna mit Marcel auf dem Johannisberg in Bielefeld rauchen, nachts, auf einer Motorhaube, die uns den Arsch wärmt. Und damit fange ich an. Die Havanna habe ich gekauft, und den guten Freund habe ich auch, sogar zwei: Marcel und Karim. Das Auto habe ich auch, von Mama, einen alten, grünen VW Passat. Ich liebe das Leben, egal was kommt. Es gibt so viele Wünsche, die ich habe und die alle erfüllt werden wollen.

Ich biss mir auf die Zunge vor Wut. Weil ich all die Wünsche hatte und ich sie mir niemals würde erfüllen können. Alle Wünsche entfernten sich und rückten in nicht greifbare Distanz, meine Träume lösten sich auf angesichts der Realität um mich herum. Ich saß hier in einem Höllenkreis fest. Aus dem ich nicht herauskommen werde, das wusste ich.

5.23 Uhr. Hip-Hop-Text. Den ich Karim am liebsten auf seine Stirn tätowiert hätte:

YOU SAY YOU A GANGSTAR
BUT YOU NEVER POP NOTHIN
YOU SAY YOU A WANKSTAR
THEN YOU NEED TO STOP FRONTIN
YOU GO TO THE DEALERSHIP
BUT YOU DON'T NEVER COP NOTHIN
YOU BEEN HUSTLIN A LONG TIME
BUT YOU AIN'T GOT NOTHIN

5.24 Uhr. Ich stand draußen, vor der Tür des Clubs. Mein Atem kondensierte. Es war kalt. Marcel hatte ich nichts gesagt. Karim war noch immer im Club. Es dämmerte schon am Horizont. Die Sonne stieg am Himmel auf. Der Parkplatz war leer. Ich wartete nicht mehr. Ich wollte allein sein. Marcel streckte seinen Kopf aus der Tür, kam ein paar Schritte auf mich zu. Ich winkte ab. Ich wollte meine Ruhe. Er ging wieder hinein und setzte sich auf seinen Hocker. Ich machte ein paar Schritte auf dem Parkplatz. Niemand kam mehr. Die letzten Gäste gingen. Vereinzelt. Wie Regentropfen verschwanden sie im Erdboden. Das war es, sagte ich zu mir, ich werde mit dem Ganzen aufhören, Schluss, aus, vorbei.

Wenn ich wüsste, dass ich das, was ich suche, auch finde, würde ich sofort losgehen. Aber wenn ich wüsste, dass das, was ich suche, auch dort ist, dann bräuchte ich nicht loszugehen, da ich ja wüsste, dass das, was ich suche, existiert. Dann hätte ich es gefunden und könnte hierbleiben, ich müsste nicht suchen. Ich könnte mich einlassen, ich könnte zurückgehen und mich auf mein Leben einlassen! Mich einlassen auf einen anderen Menschen! Mich wirklich einlassen! Und nicht etwas suchen. Nicht weggehen. Ich will nicht weggehen. Ich will hineingehen. Ich will dazugehören. Ich will einer von allen sein. Ich will nicht anders sein. Immer wieder dasselbe: Ein Jahr hat 52 Wochen. Weiter. Jede Woche arbeite ich vier Nächte. Das sind 208 Nächte. Wenn ich diesen Job zehn Jahre mache, sind das: 2 080 Nächte. Jede Nacht 500 Leute. Die ich reinlasse. 200 weise ich ab. 700 Menschen pro Nacht. 700 mal 2 080: 1 456 000 Menschen. 1 456 000 Seelen in meinen Nächten. 1 456 000 schwarze Augen. Ihr Blick. In der Nacht zwischen drinnen und draußen, in meiner Seele eingefangen, endlos, immer wiederkehrend, der Blick des anderen in meinem. Ich sitze hier und lasse euch rein. Ich sitze hier und lasse euch nicht rein. Die ganze Nacht. STOPP. Ich wiederhole mich. Ich bleibe auf der Stelle stehen, während sich alles um mich herum dreht. Alles entfernt sich. Aber ich bleibe hier stehen und bewege mich nicht. Nur ab und zu ein Schritt nach rechts oder ein Schritt nach links, das Gewicht mal auf das eine Bein oder auf das andere setzen, gehe einen Schritt nach vorne, gehe denselben Schritt zurück, bleibe stehen und wende meinen Kopf. Dumpf schallen monotone Schläge zu mir. Ich könnte heute zum letzten Mal arbeiten. Ich könnte mit Flo reden und sie fragen, ob sie mit mir abhauen will. Davon hatte sie doch gesprochen. Die Nomaden. Aber ich hatte dazu nichts gesagt. Hatte Vram nicht gesagt, dass ich eines Tages losgehen würde? Einfach weg, weg von hier, weg von dem Ort, an dem es keine Hoffnung gibt. Raus. Ich könnte mit ihr abhauen, nach Genua. Jede Nacht, von Montag bis Freitag, fährt ein Bus. Von Brackwede aus. Dem Busbahnhof in Bielefeld. Nach Genua. Dort könnten wir eine kleine Espressobar eröffnen. Kaffee kochen kann jeder, sogar ich. Flo könnte noch ein paar Schnittchen machen. Ein bisschen Geld hatte ich auf die hohe Kante gelegt. Das würde uns eine Zeitlang über Wasser halten. Gleich morgen werde ich ihr das sagen. Ich werde sie anrufen und ihr von meiner Idee erzählen. Sie wird glücklich sein. Sie wird mit mir gehen. Einfach aufhören mit allem. Schluss. Aus. Vorbei.

Aus! In ein paar Stunden rufe ich sie an, oder jetzt gleich, und sage ihr, dass ich mit ihr abhaue, egal wohin, wohin sie will, ich gehe mit ihr, ich habe Geld gespart, wir gehen fort, weit weg von hier, weit weg. Ich frage sie gar nicht, ich kaufe gleich zwei Tickets, und wir fahren sofort, morgen, Dienstag, sitzen wir zusammen im Bus nach Genua, 18 Stunden später sind wir da, am Hafen. Wir gehen ins Hotel und lieben uns, den ganzen Tag. Wir bleiben so lange im Hotel, bis ich eine kleine Wohnung gefunden habe, am Hafen, da ist das Licht am schönsten, wenn die Sonne aufgeht oder unter, dort kann man die Tanker sehen, der Hafen, das Tor zur Welt. Wenn wir eine Wohnung haben, suche ich uns einen Raum, in dem wir die

Espressobar eröffnen können. Meine Mutter wird das schon verstehen, sie kann uns ja mal besuchen kommen. Marcel, Karim und all die anderen, sie können uns alle besuchen kommen, so einfach ist das. In ein, zwei Monaten haben wir es geschafft, der Laden läuft super, Kaffee trinkt schließlich jeder, auch wenn alles den Bach runtergeht. Die Seeleute brauchen morgens Kaffee, auf der ganzen Welt trinken die Leute Kaffee, um wach zu werden oder wach zu bleiben, jeder muss wach bleiben, niemand will gerne schlafen, sein Leben verschlafen, nicht auf die Beine kommen. Dann mache ich mit ihr Kinder, zwei, drei oder vier, ich will, dass meine Kinder Geschwister haben, ich bin Einzelkind, es gibt nichts schlimmeres für ein Kind, als Einzelkind zu sein. Die Einsamkeit am Sonntagmorgen, wenn die Eltern schlafen, diese beschissene Stille immer und überall in der Wohnung, wenn die Eltern keinen Bock haben, mit einem zu reden, oder ihre Ruhe haben wollen, oder zerstritten sind. Geschwister quatschen immer miteinander, und wenn einer mal zerstritten ist mit dem anderen, gibt es immer noch einen weiteren Bruder oder eine andere Schwester, deshalb lieber vier Kinder, denn die Wahrscheinlichkeit, dass jeder mit jedem zerstritten ist, liegt fast bei null, und es gibt immer noch einen, mit dem man quatschen und Dummheiten machen kann.

5.55 Uhr. Hip-Hop-Songtext. Wer sich seiner Vergangenheit nicht stellt, den stellt die Zukunft. I GOT SOME SKELETONS IN MY CLOSET AND I DON'T KNOW IF NO ONE KNOWS IT SO BEFORE THEY THROW ME INSIDE MY COFFIN AND CLOSE IT I'MA EXPOSE IT.

Zombie Nation. 5.57 Uhr. Sonntag auf Montag. Ich gehe auf dem Parkplatz umher.

Genua? Ein Schatz in den Bergen? Was morgen ist, das weiß ich doch nicht. Was gestern war, das kenne ich nicht. Was interessiert mich meine eigene Geschichte. Ich sehne mich nach einem Ort absoluter Gleichgültigkeit. Ein Ort ohne Geschichte. Ein Ort ohne Zukunft. Ohne Vergangenheit. Ich kann nicht an gestern denken. Ich kann nicht an morgen denken. Ich werde Flo nicht anrufen. Auf mich sollte man sich nicht verlassen, ich denke nur ans Überleben, denn das Leben um mich herum ist ein Dschungel, und ich stehe am unteren Ende der Nahrungskette. Ich gehe auf dem Parkplatz umher. Nachdem ich da draußen war, bin ich froh, wieder unter den Stein zurückzukehren, unter dem ich hervorgekrochen bin. Auch wenn ich Angst habe, zerquetscht zu werden. Niemals halte ich mich länger als nötig draußen auf. In der Dunkelheit finde ich Freiheit und Ruhe. Die Enge ist meine Weite.

5.58 Uhr. Glashaus. Parkplatz. Der Weg zurück. Zurück, ja. Aber wohin zurück? In den Club? In die Heimat? Zu meinem Onkel? Zu meiner Mutter? Baumheide? Bethel? Bielefeld? Syrien? Türkei? Armenien? Israel? Keine Ahnung. Ich stecke hier, zwischen drinnen und draußen, auf der Schwelle, und bewege mich nicht, so lange ich nicht weiß, wohin ich gehöre.

5.59 Uhr. Glashaus. Hip-Hop-Text, der mir einfällt, wenn ich an Marcel denke: HAVE YOU EVER BEEN HATED OR DISCRIMINATED AGAINST I HAVE.

Marcel. Der Typ, der mit mir an der Tür sitzt. Marcel ist

der Freund, den ich seit dem Sandkasten kenne. Er ist der einzige Deutsche, mit dem ich richtig befreundet bin, und er gehört zu den acht Prozent Deutschen, die es in Baumheide gibt. Marcel ist der ältere Bruder von Nils, mit dem er sich aber nicht versteht. Ich habe Nils in all der Zeit, die ich Marcel kenne, vielleicht dreimal gesehen, denn Nils wohnt bei seinem Vater in der Stadt. Viel öfter hat Marcel seinen Bruder seither auch nicht gesehen. Nils begann nach der Schule eine Ausbildung zum Koch im städtischen Krankenhaus. Er war ein Jahr jünger als Marcel. Marcel war bei seiner Mutter geblieben. Geholfen hat er seinem Bruder Nils beim Umzug zu ihrem Vater in die Stadt nicht, und als ich meine Hilfe anbot damals, reagierte Marcel nicht und auch Nils nicht. Es sind zwei Brüder, die sich nichts zu sagen haben. Wenn ich nachfragte, warum sie kaum miteinander sprachen, antwortete Marcel knapp: »Du hast keine Geschwister. Ich kann es dir nicht sagen. Du verstehst das nicht.« Sein Vater verließ seine Mutter, als Marcel zwölf war. Seine Mutter fing daraufhin zu trinken an und lief den ganzen Tag zu Hause nur noch in Unterwäsche herum. Marcel musste einkaufen, die Wohnung aufräumen und das Essen kochen. Auf Anrufe seines Vaters reagierte er nicht mehr. Wenn sein Vater mal vorbeischaute, machte er ihm die Tür nicht auf. Sein Vater hatte eine andere Frau gefunden, mit der er zusammenlebte. Sein Vater war Vorarbeiter bei Windsor, und seine neue Frau Buchhalterin im selben Betrieb. Sie waren Doppelverdiener, und sein Vater begann zu golfen, als seine Mutter zum ersten Mal zur Entgiftung ins Krankenhaus musste. Marcel rief seinen Vater nicht an, als er die

Mutter ins Krankenhaus gebracht hatte, auch seinen Bruder Nils nicht, auch mich nicht. Zwei Wochen lebte er alleine zu Hause. Er ging nicht ans Telefon und machte niemandem auf. Als er mich nach den zwei Wochen wieder reinließ, hatte er sein Zimmer neu eingerichtet. Überall hingen Poster, Hip-Hop-Poster, von Gangstar-Rappern aus Amerika. An eine Wand hatte er eine Collage aus Bildern geklebt, mit Schlagzeilen und Fotos von Pop-Sternchen und Freddy Krüger. Nightmare on Elmstreet. Freddy Krüger: »Ich fühle mich gut, wenn ihr blutet.« Ice Cube: NOBODY MOVE NOBODY GET HURT. 2Pac: »All Eyez On Me«.

Unter seinem Kopfkissen hatte er ein Messer. Er sagte, man wisse ja nie, wer nachts einfach hier reinkommen könne. Wow. Ich fand das cool.

Seine Mutter ließ er nicht mehr hinein in sein Zimmer. Wenn sie mir hallo sagen wollte, drängte er sie raus, sie solle ins Wohnzimmer, er wolle seine Ruhe haben und mit mir allein sein, sie störe. Marcel hatte sich ein kleines Fitnessstudio im Keller gebaut, eine Hantelbank, eine Metallstange und zwei Autofelgen vom Schrottplatz für die Brust und für die Arme zwei Kurzhanteln, vier Dosen gefüllt mit Kies. Daneben stand eine kleine Musikanlage, und an der Wand klebten Fotos von Mike Tyson, auch das Bild, wie er Evander Holyfield im Kampf das Ohr abbeißt.

Jedes Mal, wenn wir das Foto sahen, lachten wir uns kaputt. Die anderen Bilder zeigten Tyson, wie er trainiert, Gegner k. o. schlägt, wie er lacht, wie er Interviews gibt. Überall Tyson. Und ein Spruch von Tysons Trainer: Du kannst einen Boxer aus dem Ghetto bekommen, aber das

Ghetto nicht aus dem Boxer. Ein anderer Spruch: DEATH IS SURE – LIFE IS NOT. Von wem dieser Spruch war, wusste ich nicht. Aus der Zeitung, meinte Marcel. Den Spruch hatte er als Graffiti an die Wand gesprüht.

Vor zwei Jahren hatte Marcel sich nach L. A. abgesetzt. Das war vor seinem Marseille-Trip. Er ist abrupt abgehauen, und das machte ihn in unserem Viertel berühmt. Diese Unberechenbarkeit war Teil der Legenden, die man sich von ihm erzählte. Jeder spekulierte, was er wohl als Nächstes tun würde. Niemand wusste wirklich, woran er bei ihm war. Marcel packte von heute auf morgen seine Sachen und setzte sich ins Flugzeug. Er ging nach Compton, um bei den Crips zu leben. Das war sein Plan. Marcel war ein Gangstar Rapper. Er wollte sehen, ob es dort wirklich so aussah wie in den Musik-Videos. Er wollte dort leben. Er machte zwar keine Musik, aber er lebte haargenau denselben Lebensstil. Und wo kann man so sein, wie man gerne ist? Da, wo alle so drauf sind, wie man selber. Also ging er nach L. A. In den Geburtsort des Gangstar Rap. Dessen Geburtsstunde war das erste Album von N. W. A: Straight Outta Compton. Auf den Straßen von L. A. zerrten ihn eines Abends vier Schwarze in einen Pontiac. Einer der Typen hielt ihm eine abgesägte Schrotflinte ins Gesicht. So erzählte er es später. Mehr sagte er nicht. L. A. war nicht sein Ding, sagte er immer. Er kam zurück nach Baumheide. Und wir alle fragten ihm Löcher in den Bauch. Marcel blieb ruhig und erzählte uns, was passiert ist. Viel erzählte er nicht. Marcel ist eigentlich sanftmütig, so kenne ich ihn. Nur wenn er wütend ist, schlägt er zu.

Niemand wollte ihn gegen sich haben. Marcel auf seiner Seite zu haben war eine Lebensversicherung. Aber Gnade dem, den Marcel auf dem Kieker hatte. Marcel ist mein Freund, und seine Gegner haben mein Mitgefühl. Er hat keine Skrupel, vor nichts und niemandem. Einmal haben zwei Brüder aus einem anderen Viertel ihm vorgeworfen, dass er ihnen nach einem Basketballspiel den Ball geklaut hätte. Das war vor vier Jahren. Daraufhin ist Marcel zum Metzger gegangen und hat einen Schweinskopf gekauft. Mit einem Edding hat er auf die linke und die rechte Wange des Schweins geschrieben: »LÜGEN«. Den Kopf stellte er in dem Garten der Brüder auf, so dass man »LÜGEN-SCHWEIN« dachte. So ist Marcel. Deswegen arbeitete ich mit ihm an der Tür, Nacht für Nacht. Marcel kennt das Wort Angst nicht. Die Angst hat Angst vor Marcel.

6.01 Uhr. Glashaus.

Das Leben ist eine Hühnerleiter: Scheiße auf jeder Stufe.

6.02 Uhr. Ich drehte mich um und sah vom Parkplatz auf zur Eingangstür des Glashauses. Karim und Marcel standen zusammen. Sie redeten. Marcel winkte mich zu ihnen rein. Ich zögerte, aber ging doch auf die Tür zu. Wenn ich an Karim denke:

NO ONE KNOWS WHAT IT'S LIKE
TO BE THE BAD MAN
TO BE THE SAD MAN
BEHIND BLUE EYES.

Wenn Karim nicht so liebe Augen hätte und nicht mein Cousin wäre. Der wird uns noch alle ins Grab oder ins Gefängnis bringen. Dabei hat er noch nicht einmal blaue Augen, sondern braune.

Als ich durch die Tür ging, verschwand Karim, ohne mir Tschüs zu sagen. Marcel und ich sprachen nicht miteinander. Er wusste Bescheid, und ich wusste Bescheid. Die Leute waren raus. Der Club war leer. Wir brachten die Kasse nach oben ins Büro. Zusammen tranken wir im leeren Club noch eine Cola. Wir sprachen immer noch nicht über das, was geschehen war. Er sei müde, sagte Marcel, was mit mir sei. Ich stimmte zu, ja, auch sehr müde. »Und? Fährst du zu deinem Mädchen?« »Nein, jetzt nicht. Ich geh mit dir nach Hause.« »Wir nehmen ein Taxi.« Ich nickte. »Noch Hunger? Wollen wir noch was essen?«, fragte ich ihn. Aber er wollte nach Hause in sein Bett. Wir verabschiedeten uns von den Leuten, die mit uns arbeiteten, und stiegen in ein Taxi.

Während der Fahrt verloren wir kein Wort über die Sache mit Karim. Als das Taxi in unser Viertel einbog, schlug Marcel vor, am Mittag bei Habibi zu frühstücken. Flo hatte nicht gewollt, dass ich heute Morgen gleich nach der Arbeit komme, also würde ich sie erst später sehen und sagte Marcel zu. »O. k., dann sehen wir uns später.« Das Taxi hielt, er stieg aus, ich zahlte. »Schlaf gut«, wünschte er mir noch. »Ich versuche es«, antwortete ich ihm. Marcel nickte. Dann drehte er sich um und ging nach Hause.

Ich schaute ihm hinterher. Ich hätte ihn darauf ansprechen sollen. Aber vielleicht geht ja alles gut. Hoffte ich.

Heute Mittag rede ich mit ihm, nahm ich mir vor, ich werde Karim anrufen, damit er mit zum Essen kommt. Dann klären wir das Ganze. Karim hat Scheiße gebaut, aber er wird daraus lernen. So was kommt nicht mehr vor. Dann ist alles wie früher. Vielleicht ist alles meine Schuld, weil ich Karim nicht ernst genommen habe. Karim wollte mit uns an der Tür arbeiten, er wollte Geld verdienen so wie wir. Jeder will Geld machen bei uns, egal wie. Viele versuchen es erst einmal legal. Lange versuchen sie es legal. Jeder, den ich kenne, versucht zunächst einmal legal, sein Geld zu machen, doch nicht alle bekommen eine Chance. Wenn du es lange versuchst und immer wieder merkst, dass es nicht geht, entschließt du dich eben irgendwann, dein Geld anders zu machen, illegal. Das ist Gesetz. In unserem Viertel. Keine Schule. Keine Eltern. Kein Weg raus. Niemand nimmt dich an die Hand und holt dich ab, da, wo du bist. Der einzige Weg, Geld zu machen, ist dann die Straße. Wenn du am Geldverdienen gehindert wirst, machst du dir deine eigenen Gesetze und Regeln, bis alles für dich stimmt. Nach denen lebst du dann und versuchst hochzukommen. Niemand bleibt gerne am Boden kleben. Dabei verrätst du alles, was du kennst. Als Erstes hintergehst du die Menschen, die du liebst. Dann jeden anderen um dich herum. Du verlierst jegliches Gefühl, ob etwas gut oder schlecht ist. Alles muss sich deinem Aufsteigen unterordnen. Ich habe Karim vergessen. So wie all die anderen, die ihn vergessen haben. Da draußen gibt es Tausende von Karims, die tagtäglich vergessen werden. Und jetzt sind wir dran. Weil ich oben bleiben wollte und meinen Job nicht wegen ihm riskieren wollte. Ich hätte weniger Stunden machen können. Ich hätte Karim meinem Chef vorschlagen können. Wenn du immer nur an dich denkst, bekommst du irgendwann die Rechnung dafür. Dir geht es gut, doch all den anderen um dich herum geht es schlecht. Dann hast du auch nichts mehr von dem, was du erreicht hast. Du kannst es mit niemandem teilen, dein Glück. Weil die anderen voll am Arsch sind. So beginnst du, dich zu entfernen von den Menschen, die du liebst. Egal, ob du gewinnst oder verlierst, in einer Sache bleibt alles gleich: Der, der am meisten hat, hat deshalb am meisten, weil er irgendwo irgendjemandem was weggenommen hat, legal oder illegal. Man übt Verrat. Jeder, der da oben ist, ist oben, weil viele unter ihm sind. Ich und ein paar andere haben Karim zu dem gemacht, was er ist. Ist mir egal, ob jemand da draußen denkt, Karim sei selber Schuld und alle hätten die gleichen Chancen. Das stimmt nicht, das ist eine Lüge, hier hat man nicht die gleichen Chancen, jeder, der das sagt, ist ein Heuchler, ein Schwindler, ein Lügner. Nein, ich werde mir nicht die Absolution erteilen. So grausam ist die Welt. Hier. Entweder hat man Glück, oder man hat Pech. Mit Können hat das nichts zu tun. Karim hat Pech gehabt. Und wer muss es ausbaden? Alle, die ihm nahe sind.

Ich hatte mich entschieden, ich wusste, was zu tun war, dachte ich, ich rufe Karim an und lade ihn zum Mittagessen mit Marcel ein, anschließend rufe ich sofort meinen Chef an und sage ihm, dass ich Ersatz brauche, weil ich zurück in die Schule gehe, und ich will, dass Karim meinen Job macht. Ich suche mir einen anderen Job, kellnern oder sonst irgendetwas, denn zur Schule gehe ich nicht mehr. Schule ist aus. Punkt. So werde ich es machen. Dann kann Karim sein Geld legal verdienen, ohne Scheiße zu bauen. Karim wird sich freuen. Und wenn viel los ist, werden wir alle drei zusammen arbeiten. Und wenn wir lange genug zusammen gearbeitet haben, eröffnen wir irgendwann zu dritt einen Club, dann sind wir unsere eigenen Chefs. Ganz legal, ohne krumme Dinger. Ja, das ist es, in drei Jahren haben wir unseren eigenen Laden. Bis dahin sparen wir jeden einzelnen Pfennig. Das ist es. Das werde ich heute Mittag Marcel und Karim erzählen, ab jetzt wird zusammengearbeitet und gespart, bis wir einen eigenen Club haben. Ich wusste auch schon, wie ich ihn nennen würde: CAFE EUROPA oder ZAPP ZAPP INTER-NATIONAL oder TOP TOP CHIC. Wie auch immer, er wird uns gehören. Über den Namen würden wir zusammen nachdenken, am Mittag, bei Rühreiern und Salami und schwarzen Oliven beim Habibi. Heute Mittag, dachte ich. Ja. Heute Mittag machen wir alles klar. Flo könnte auch mitarbeiten. Sie könnte auflegen. Sie liebt ja Musik. Außerdem ist sie auch immer knapp bei Kasse. Nach dem Essen mit Marcel und Karim rufe ich gleich Flo an und sage ihr, was wir vorhaben. Was ich vorhabe. Sie wird sich freuen, bestimmt, das wird sie umhauen, ganz bestimmt. Ist alles nicht so schlimm hier. Alles halb so wild hier. Wir kriegen das alles hin. Wir müssen nur zusammenhalten und uns nicht gegenseitig verarschen.

Vor einem Jahr, kurz bevor er starb, als er aber noch nicht wusste, dass er plötzlich sterben würde, sagte mein Vater zu mir: »Der Mensch lebt wie ein Stück Obst. Er wächst, reift, dann wird er alt und fällt zu Boden und beginnt zu faulen, und dann ernähren sich die Würmer von seinem Körper, und der Rest zerfällt zu Staub, und alles ist vergessen.« Ich konnte damit nichts anfangen. Er hat wieder zu viel getrunken, dachte ich, dann wurde er immer sentimental und depressiv. Aber nach seinem Tod habe ich die Worte aufgeschrieben. Und er hat recht.

Vor vier Monaten. Ein Samstagnachmittag. In Flos Zimmer. Träume. Flo und ich. »Natürlich habe ich Träume! Denkst du, ich will mein Leben lang an dieser Tür sitzen und die Scheiße meiner Freunde wegräumen? Nein. Ich will nach Saint-Tropez. Da kannst du das große Geld machen. Da kannst du dir ein Stück Strand mieten und einen Stand hinstellen, und dann verkaufst du, worauf die Leute so Lust haben, Eis, Sonnencreme, Drinks. Und wenn ich mit dem ganzen scheiß Tagesgeschäft fertig bin, gehe ich nachts aus. Ins Hotel Byblos, in den Club: Les Caves du Roy.« Das ist ein Club, da kommen nur die besten und die heißesten Typen rein, das erzählten sich die Nutten, die nach ihrer Schicht auf der Eckendorferstraße zu uns ins Glashaus kamen. Das sagte ich Flo aber nicht. Die Nutten motzten bei uns nur rum: Die Leute sind so scheiße hier! Die Getränke sind soooo pisswarm hier! Die Musik ist so leise hier! Bla bla bla ... Redeten so, als wären sie im Les Caves du Roy aufgewachsen. Nutten eben. Totale Diven. Nutte müsste man sein, dachte ich, da kommst du bestimmt ganz schön rum auf der Welt »Im Les Caves du Roy bekommst du keinen Tisch unter

400 Euro!«, hatte mir eine Nutte mal ins Ohr gesäuselt, während sie an ihrem Wodka schlürfte. »Für 400 Euro bist du aber noch ganz weit weg von der Tanzfläche. Die Tische an der Tanzfläche, die kosten 5000. Und dann gibt es die Tische auf der Tanzfläche, die kosten 10000. Und die Tische im V.I.P.-Bereich kosten mehr als 15000. Ganz großes Kino, Geldverbrennen auf ganz hohem Niveau«, schwärmte sie und beendete mir die VOX-Tours. Als sie ging, schaute ich ihrem betrunkenen Stakseln hinterher und dachte, wenn man wie ich aus einem Haushalt kommt, wo man am Monatsanfang darüber nachdenken muss, wie man die nächsten vier Wochen rumkriegt, ohne kaputtzugehen, dann ist das ab jetzt mein Traum! Das sagte ich Flo: »Ein Tisch im V.I.P.-Bereich für 15000 Euro! Dort will ich leben, in dem Club will ich ein- und ausgehen. Mein Geld verprassen. An einem 15000 Euro-Tisch! Ich will genau an diesem Tisch wohnen. Heiraten und Kinder kriegen. Dieser Tisch soll ab jetzt mein Zuhause werden. Und wenn es kalt wird und regnet, setze ich mich einfach unter den Tisch.«

»Verstehe ich«, sagte Flo gelassen, »aber du musst zugeben, dass das mit Abstand der dümmste Traum ist, den man im Leben haben kann. Wenn du reich bist und cool und im angesagtesten Club abhängst, glaubst du, es allen zeigen zu können. Es allen zu beweisen. Rache zu nehmen für alles, was du dein Leben lang nicht hattest. Du willst dir den Respekt erkaufen, den du als armer Schlucker nicht bekommen hast. Was du deinen Traum nennst, ist und bleibt das Produkt deines Albtraums. Jeder Geldschein, den du verfeuerst, erinnert dich daran, dass du aus ganz armen Verhältnissen kommst. Letzten Endes wird sich dein wirklicher Traum nie erfüllen. Geld verballern hat nichts mit deiner wirklichen Sehnsucht zu tun. Es geht nicht um das Geld, es geht um echte Anerkennung. Geld wird diese Sehnsucht nie stillen.«

»Nein.« Sie hatte unrecht. Sie konnte es nicht wissen. »So kannst du nur reden, weil du nie die Sorge hattest, kein Geld mehr zu haben. Du bist privilegiert.«

»Nicht schlecht«, sagte sie, »privilegiert.«

»Ja, mach dich nur lustig über mich. Ich habe mir einen kleinen Brockhaus gekauft. Und ein Fremdwörterbuch. Mir ist das nicht in die Wiege gelegt worden. Sag du mir doch, was für dich das größte Glück ist, der größte Traum, was wünscht du dir?«

»Gesundheit«, sagte sie.

»Gesundheit. Klar. Das kann sich echt nur ein Mensch wünschen, der nie Probleme mit Geld hatte.«

Vor drei Monaten. 12.00 Uhr Oetkerpark.

»O.k.«, sagte Flo, »was willst du mit Geld anfangen, wenn du nicht gesund bist?«

»Was hast du davon, wenn du wie ein Penner lebst, aber gesund bist?«

»Du bist frei, wenn du gesund bist.«

»Du kapierst das nicht. Wenn du kein Geld hast, ist alles andere für'n Arsch. In der Frage werden wir keine Freunde.«

»Nein. Nein, das werden wir nicht«, sagte sie.

Ich hatte zwar nie gelernt, Dinge zu Papier zu bringen, aber irgendwann habe ich mir einen kleinen Notizblock gekauft. Und so schrieb ich nachts, im Glashaus, an der Tür, auf meinem Barhocker, Ideen auf, die mir durch den Kopf gingen. Ich war neunzehn. Seit einem Jahr ging ich nicht mehr zur Schule. Ich war auf der Gesamtschule gewesen, hatte die Qualifikation für die Oberstufe bekommen, habe die Gelegenheit aber nicht wahrgenommen. Keiner, den ich kannte, machte Abitur. Nachts stand ich mit meinen Kumpels an der Tür, und tagsüber schlief ich. Ich hätte mir eine Lehrstelle suchen können. Aber als was? Ich wusste es nicht. Die Arbeit an der Tür wurde gut bezahlt, die Hälfte drückte ich bei meiner Mutter ab, die andere Hälfte behielt ich für mich. Nachts griff ich zu meinem Block und notierte ein paar Sätze. Um nicht einzuschlafen. Marcel unternahm lange Rundgänge über den Parkplatz, damit er nicht einschlief, und ich schrieb gegen die Müdigkeit an.

Das Schreiben hielt mich wach. Keiner wusste, dass ich fast jede Nacht alles, was mir durch den Kopf ging, zu Papier brachte. Unzählige kleine Zettel. Gegen 4 Uhr morgens überkommt einen eine starke Müdigkeit. Ich nahm kleine Zettel und notierte ein paar Dinge.

Vor 10 Tagen. Oetkerpark.

»Welches war dein Lieblingsbuch, als du klein warst?«

»Mein Lieblingsbuch??«

»Ja, dein Lieblingsmärchen oder deine liebste Abenteuergeschichte, was weiß ich.«

»Ich erinnere mich an ein einziges Buch, das ich bekommen habe. Ich war acht, glaube ich. Das war an einem Samstagmorgen. Meine Mutter putzte zu der Zeit bei einer

Arztfamilie, in Dornberg. Es war Samstag, und meine Mutter nahm mich mit zum Putzen in das Haus. Die Ehefrau des Chefarztes war zu Hause und mistete die alten Sachen ihrer Tochter aus. Die Tochter hatten sie auf ein Internat geschickt. Sie musste so alt gewesen sein wie ich. Beim Aufräumen fiel der Mutter ein Buch in die Hand. Sie schenkte es mir. ›Ali mit der roten Mütze‹. Eine Geschichte, die deutschen Kindern den Umgang mit ausländischen Kindern erklären sollte.«

»Wie schrecklich«, platze Flo heraus.

Ich war irritiert. »Wieso? War doch nett von ihr.«

Sie küsste mich.

»Wann hast du dein erstes Buch bekommen?«, fragte ich Flo. »Deine Eltern haben dir doch bestimmt vorgelesen, abends, vor dem Schlafen, so wie man sich das vorstellt.«

»Ja, jeden Abend. Ich konnte die Märchen auswendig mitsprechen, auch wenn ich nicht alles verstanden habe. Mein Lieblingsbuch, das erste, das ich mir wirklich gewünscht habe, bekam ich zum zehnten Geburtstag. Wir haben einen Geburtstagskaffee gemacht, meine Großeltern waren da, meine Eltern, mein kleiner Bruder, und nach dem Auspusten der Kerzen überreichten sie mir ein riesiges Geschenk. Es kam mir wirklich unglaublich groß vor. Ich öffnete es, und es war das Buch, ›Hanni und Nanni‹, alle Bände in einem riesigen roten Buch. Es sind Internatsgeschichten. Dann wollte ich unbedingt auch auf ein Internat.« Sie lachte.

»Klingt cool. Vielleicht sollte ich das auch mal lesen.«

»Das ist nichts für dich. Aber wenn du unbedingt willst, leihe ich es dir.«

Ich glaube, ich wollte einfach ihre Welt verstehen. Diese unglaublich heile Welt.

12.33 Uhr. Montagmittag. Marcel holte mich zum Frühstück ab. Wir gingen zu Habibi. Ich hatte kaum geschlafen, hatte nachgedacht, über unseren Club. Ich hatte versucht, Karim zu erreichen, aber er war nicht an sein Telefon gegangen. Als Marcel und ich bei Habibi saßen und schwarzen Tee tranken und über dies und das sprachen, denn von dem Club wollte ich erst erzählen, wenn Karim dabei wäre, klopfte es von außen gegen die Scheibe. Es war Mia. Sie winkte uns raus. Aber Marcel schüttelte den Kopf. Er hielt mich am Arm fest, als ich schon aufstehen und zur Tür wollte. Mia kam rein. Sie sah etwas neben der Spur aus. Als hätte sie nicht geschlafen. Ob sie einen Tee wolle, fragte ich sie. Aber sie schüttelte den Kopf. Sie sagte kein Wort. Marcel schaute mich an. Ich wusste nicht, warum sie hier war.

»Karim«, sagte sie.

Marcel stellte sein Teeglas ab.

»Was ist los?« Marcel sah sie fest an. »Was ist mit Karim?«

Mia schaute aus dem Fenster und legte los. »Tom hat sich Karim geschnappt. Bei Ziska. Er hat ihn gesucht. Wegen dem Zeug, das er verkaufen sollte. Aber Karim hat die Pillen nicht mehr und sagt, irgendwelche Typen hätten ihn überfallen und ihm alles abgenommen. Tom hat ihn mitgenommen, in seinen Laden. Er hat gesagt, sie müssten reden. Seitdem hat er sich nicht mehr gemeldet. Auch nicht bei Ziska. Wir haben nichts mehr von ihm gehört. Irgendwas ist passiert!«

Marcel stand auf und ging wortlos aus Habibis Laden, ich folgte ihm. Mia blieb zurück. Marcel ging auf den Taxistand an der Ecke zu, und ich lief wie ein Dackel hinter ihm her. Ich stieg in das Taxi, in dem er schon saß und dem Fahrer die Adresse von Toms Laden sagte. »Aber was sollen wir denn tun?«, fragte ich ihn. »Du kennst doch Tom. Der nimmt Karim auseinander. Der hat seine ganzen Kumpels im Laden. Wir sind nur zu zweit. Wir können da nicht einfach reinspazieren. Wir brauchen doch einen Plan.« Ich wusste, dass Marcel das Gequatsche hasste, aber ich konnte nicht anders. Ich hatte Angst.

Marcel hob seinen Pullover an, und ich sah zwischen seinem Gürtel und seiner Hose die 9 mm-Glock stecken.

»Wir müssen für klare Verhältnisse sorgen. Zwischen Tom, deinem Cousin und uns. Der Club gehört uns. Karim verarscht uns, weil Tom uns verarschen will.«

»Wir machen Tom ein bisschen Angst und holen Karim da raus?«

»Und retten deinen Arsch.« Er sah mich an. »Du hast Karim in die Scheiße geritten. Du hast das Zeug die Toilette runtergespült.«

»Karim hat das Zeug hinter unserem Rücken verkauft. In unserem Club! Es geht nicht, dass wir den Laden sauber halten, und er verkauft in Ruhe da sein Zeug!«

Marcel wurde hart: »Der will auch nur irgendwie Geld machen. Wir haben ihm keine Wahl gelassen.«

»Ist es das, was er heute Morgen zu dir gesagt hat, dass wir daran schuld sind?«

Marcel nickte. »Er hat recht. Er hat nur sein Glück versucht. Und wir haben es vermasselt. Und jetzt müssen wir ihn da rausholen.«

»Aber wir haben ihm doch nicht gesagt, dass er scheiß Pillen verkaufen soll! Dafür muss er seine Strafe bekommen. Vielleicht ist das ganz richtig so, dass er von Tom jetzt paar aufs Maul kriegt, und dann weiß er Bescheid. Und in ein paar Tagen rufe ich Tom an und sage ihm, dass ich derjenige bin, der sein Zeug die Toilette runtergespült hat. Wir machen alles rückgängig. Wir lassen Tom wieder rein. Wir halten den Laden sauber für ihn. Lassen keinen anderen irgendwas verkaufen. Er ist der Einzige und hat ein scheiß Monopol. Und Karim ist raus.«

»Stopp«, sagte Marcel. »Denk doch mal nach. Meinst du, Tom hat nicht damit gerechnet, dass wir Karim früher oder später mit dem Scheiß erwischen? Wir haben ihm Karim auf einem Silbertablett geliefert, und er hat ihn vernascht, vor unseren Augen. Jetzt hat er nicht nur Karim, sondern auch uns in der Hand. Weil du so dumm warst und die ganzen Pillen die Toilette runtergespült hast. Wenn du Tom diesen Deal vorschlägst, wirst du für immer sein Sklave sein«, meinte Marcel trocken. »Aber diesmal hat Tom sich verrechnet. Irgendwann kommt einer, der ist härter. Jetzt wird Tom seine Lektion lernen.«

Ich starrte Marcel an.

»Du musst nicht mitkommen. Ich kann das auch alleine regeln.«

Ich wäre am liebsten ausgestiegen und weggerannt, aber ich sagte: »Nein, ich bin dabei, Karim ist mein Cousin, ich habe ihn da reingeritten. Und ich habe ein Versprechen gegeben.«

»Gut. Diesmal lösen wir das Problem endgültig.« Ich schwieg und sah aus dem Fenster. Ich schaute mir die Straßen an, die an uns vorbeizogen. Marcel schloss die Augen.

Vielleicht war auch alles Ziskas Schuld. Vielleicht wollte Karim ihr etwas beweisen. Sie von Tom wegholen. Auf der Straße ist es die größte Schwäche, sich zu verlieben, und Karim hat sich dieser Schwäche hingegeben, als er sich in Ziska verliebte, überlegte ich. Obwohl er mich immer aufgezogen hatte damit. Mich nachgeäfft hatte, wenn ich nachts mit Flo telefonierte. Verliebt. Voll gaga. Vielleicht weiß er, was Liebe wirklich ist, und ich nicht. Vielleicht habe ich nur den Verliebten gespielt. Vielleicht war er echt und ich falsch. Ich würde mich von Flo nie in etwas hineinreiten lassen. Ihr zuliebe würde ich nie über meinen Schatten springen, so wie Karim es für Ziska getan hat. Kann es sein, dass der, der die Liebe am meisten fürchtet, sich am stärksten nach ihr sehnt und bereit ist, alles dafür zu opfern, seine Freunde, seine Familie, sein eigenes Leben? Was bin ich bereit, für die Liebe zu opfern? Nichts, dachte ich. Ihr zuliebe wollte er was aus sich machen. Karim hat mir gezeigt, was Liebe mit einem machen kann, was Liebe mit einem machen muss.

Das Taxi hielt vor dem »Dragon Tattoo«, Toms Laden. Kurz bevor Marcel ausstieg, hielt er kurz inne und schaute mich an. Zum Taxifahrer meinte er, dass er die Uhr weiterlaufen lassen solle. In Marseille und in L. A., da hätte er versagt, meinte Marcel. Warum fing er jetzt damit an, dachte ich. In L. A. sei er nur zwei Wochen wie ein Bekloppter umhergelaufen und hätte mit niemandem gesprochen außer mit Straßenlaternen und dem Hotelportier. Den anderen hätte er Storys erzählt, damit sie ihn bewundern. Und das mit der Legion stimme auch nicht. Er sei nie durch das Eingangstor der Legion gegangen, er habe davorgestanden und sei ansonsten die ganze Zeit am Strand gewesen. Aber das hier, das werde er durchziehen. Das, was jetzt passieren würde, das sei die Wahrheit, und danach könne er wieder in den Spiegel schauen. Mir wurde übel. Das müsse er nicht beweisen, sagte ich, wir könnten die Polizei rufen, die würden Karim da raushölen. »Und dann?«, erwiderte Marcel. »Was dann?! Dann sehen wir aus wie Idioten. Feiglinge.« »Das ist mir egal.« Marcel schaute aus dem Taxifenster. »Schau mal«, sagte Marcel. »Schau dir diese Menschen da draußen an. Wie Ameisen. Tapp, tapp nach links, und tapp, tapp nach rechts. Oh, stopp, lieber doch wieder nach rechts, tapp tapp. Da. Stopp. Schau. Unser Spielplatz.« Marcel zeigte aus dem Fenster, aber da war nicht unser Spielplatz. Wir waren weit von unserem Viertel entfernt. Aber Marcel blickte raus und redete weiter. »Das große Spinnennetz. Es hat sich überhaupt nicht verändert. Ein wenig Rost hat es bekommen. Weißt du noch, wie wir uns gefreut haben, als dieses Ding aufgebaut wurde.« Ich nickte und wusste nicht genau, was ich sagen sollte. Ich blickte rüber zum Taxifahrer, der stumm in seinen Rückspiegel und in meine Augen schaute. »Alles Mögliche haben wir angestellt, wer als Schnellster oben war, wer als Schnellster unten war, wer vom höchsten Punkt am weitesten, im hohen Bogen, runterspringen konnte. Die Seele haben wir uns aus dem Leib geschrien, um die Wette, wer am längsten durchhielt.

Du hast mit der Stoppuhr daneben gestanden. Wir haben Sand gefressen.« Er lächelte. Dann drehte er sich zu mir um und blickte mich an. »Ich weiß, dass du ans Abhauen denkst. Du sprichst es nicht aus, aber ich sehe das. Seitdem du Flo kennengelernt hast, denkst du darüber nach. Abhauen und nie wieder zurückkommen.« Ich schwieg. Marcel schaute wieder aus dem Fenster. »Man muss raus hier. Man muss raus hier«, sagte er. »Weg, niemals wiederkommen. Es ist genug. Ich habe genug. Vom Viertel, von meinen Eltern, meinen Freunden. Die beste Zeit meines Lebens habe ich hinter mir. Was soll noch kommen? Etwas Besseres als der Sprung mit dir durch die Luft vom höchsten Punkt des Spinnennetzes? Hinein in den warmen Sand, der uns aufgefangen hat? Jetzt folgt nur noch ein langer, endloser Flug in die Tiefe. Und da unten wird auf jeden Fall kein schöner, warmer, weicher Sand sein, der mich auffängt. Da unten ist nur die Hölle, und da werde ich keinen Sand fressen, sondern Scheiße.« Ich hatte ihn noch nie so sprechen gehört. Ich hatte überhaupt noch nie so viele Worte von ihm gehört. Er machte keine Worte. Er machte mir Angst. Ich hielt ihn am Arm fest und sagte, dass wir nicht da rein sollten. Marcel stieß meine Hand zur Seite: »Du verstehst gar nichts.« Ich wehrte mich: »Vergiss es. Ich geh da nicht rein.« Ich schrie ihn an: »Wir haben das ganze Leben vor uns! Du lügst! Ich will nicht hier weg! Wir leben hier! Darum bauen wir jetzt auch keine Scheiße, sondern gehen nach Hause. Und überlassen Karim und Tom den Bullen.« Marcel stieg aus. Er ging rüber zum Tattoo-Laden. Ich schaute den Taxifahrer an, der mich unvermindert über den Rückspiegel anstarrte.

Ich warf einen Blick auf die Taxiuhr. Dann zog ich einen Zwanzig-Euro-Schein aus der Tasche und gab ihn ihm. »Stimmt so«, meinte ich und stieg aus und lief Marcel hinterher.

Die Tür des Tattoo-Ladens war verriegelt. Ich schaute durch die Scheibe und versuchte zu erkennen, ob jemand drin zu sehen war.

Marcel hämmerte gegen die Tür.

Vielleicht hatten wir uns geirrt, vielleicht war keiner da.

Marcel hörte nicht auf, gegen die Tür zu hämmern.

Dann sah ich Tom kommen. Er ging von innen auf die Tür zu, sah uns, drehte den Kopf und rief jemandem etwas zu. Es tauchten zwei andere Typen auf. Einer der beiden war der Typ, den Karim am Freitag fast hingerichtet hatte. Er hatte einen Kopfverband und zwei blaue Augen, soweit ich das durch die Scheibe erkennen konnte. Den anderen kannte ich nicht. Ein großer Schwarzer, mit vielen Muskeln. Ich hatte noch nie einen Menschen mit so vielen Muskeln gesehen. Er schloss die Tür auf. Marcel und ich traten ein. Der Muskelmann drückte uns an die Wand, um uns zu filzen. Doch Marcel stieß den Schwarzen blitzschnell von seinem Körper weg. Der Schwarze stolperte und wollte auf Marcel losstürmen, da pfiff Tom ihn zurück.

Tom meinte, dass wir bestimmt wegen Karim gekommen seien.

»Ja, wir ...«

Marcel unterbrach mich: »Wo ist er?«

Ich erschrak über die tiefe Stimme, die Marcel auf einmal hatte. Tom meinte gelassen, dass Karim unten im

Keller sei, und wenn wir Lust hätten, könne man gemeinsam zu ihm runtergehen.

»Du gehst vor und ziehst deinen Gorilla ab«, bestimmte Marcel.

Tom nickte dem Schwarzen zu, und der ging voraus. Ich blickte Marcel an, der folgte Tom, und so ging ich ihnen hinterher, die Treppen hinunter. Mir stach ein unangenehmer Geruch in die Nase. Im Kellergang wurde es wärmer und feuchter, der Geruch immer schärfer. Dann erst bemerkte ich, dass die ganze Zeit Musik lief. Sie wurde lauter. Hip Hop. Ein Song von Dr. Dre, »Nuthin But A ›G‹ Thang«, Chronic-Album. Und dann sah ich Karim. Er saß in dem Kellerraum, in den Tom uns führte, gefesselt und geknebelt auf einem Stuhl. Es wirkte alles komplett unwirklich. In dem Raum stand auch der Typ, den Karim am Freitag verprügelt hatte. Die beiden standen nun um Karim herum, und diesmal war Karims Blut an ihren Fäusten. Ich sah, woher der stechende Geruch kam. Die Schläge hatten Karim so zugesetzt, dass ihm der Schweiß aus allen Poren quoll, und er hatte sich vor Angst in die Hosen gepisst.

Ich versuchte, meinen Atem zu kontrollieren, um nicht loszukotzen. Ich zwang mich zur Ruhe und versuchte, gleichmäßig zu atmen. Aber ich merkte, dass mein Mund trocken wurde, als hätte ich einen Haufen Brennnesseln verschluckt. Ich schaute rüber zu Marcel, der war ganz ruhig. Während ich Schweißperlen auf meiner Stirn spürte und mir mit der Hand über das Gesicht wischte, regte sich bei Marcel gar nichts. Er schwitzte nicht, und er blinzelte nicht. Ich dagegen hörte mein Herz pochen, als wollte es jeden Augenblick rausspringen. Karim hatte uns nicht bemerkt. Er blickte zu Boden. Vielleicht war er auch bewusstlos. Er hatte Blut im Gesicht.

»Wenn ihr nicht wisst, was hier los ist, erkläre ich es euch gerne«, meinte Tom mit Blick auf Karim. Er habe nicht gewollt, dass es so weit kommt. »Aber Geschäft ist Geschäft. Das werdet ihr verstehen. Ich habe akzeptiert, dass ihr den Club für mich dichtgemacht habt. So sind die Regeln. Aber was soll ich machen? Karim ist zu mir ge-kommen. Gleich am nächsten Tag. Der hat ein Gespür fürs Geschäft. Gleich am nächsten Tag hat er sich ange-boten.« Am nächsten Morgen also, dachte ich, nicht schon vorher? Hatten sie wirklich vorher nichts mitein-ander zu tun? Ich glaubte Tom kein Wort. Aber vielleicht war es wirklich so. Vielleicht hatte Karim tatsächlich erst in dieser Nacht beschlossen, bei Tom einzusteigen, nach-dem er eingesehen hatte, dass ich, das wir ihn niemals bei uns an der Tür arbeiten lassen würden. Weil wir ihn für zu dumm hielten. Karim wollte erwachsen werden, und wir haben es ihm nicht gestattet. Aber das mit Ziska, das muss schon länger gelaufen sein, dachte ich. »Ich bin Geschäftsmann«, fuhr Tom fort, »das Angebot konnte ich nicht ausschlagen. Ich will ihm ja nicht unterstellen, dass er uns extra hat rausschmeißen lassen, um ins Ge-schäft zu kommen. Aber wer weiß. Ich konnte ihn in der Situation gebrauchen. Und er hat gewusst, worauf er sich einlässt. Karim ist ein kluger Junge. Es war sein Argu-ment, dass ihr beide den Club sauberhaltet, für ihn. Aber dass er so schnell Mist baut. Er hat mich verarscht. Hat behauptet, man habe ihn gestern Nacht hops genommen.

Nach dem Club, auf dem Weg nach Hause hätten ihm welche aufgelauert. Leute, die von ihm im Club was bekommen hätten. Hätten ihm alles abgenommen. Alles weg. Alles mitgenommen. Und Karim? Meldet sich nicht bei mir. Versteckt sich wie ein räudiger Hund. Und hat keinen Kratzer abbekommen. Das ist doch seltsam. Das war Stoff im Wert von 10 000 Euro. Warum hatte er den ganzen Beutel bei sich? Anfängerfehler. Eine große Dummheit. Aber Karim ist ja kein dummer Junge. Der kann noch was lernen. Deshalb diese Lektion. Er wollte mich bescheißen, weil er euch im Rücken hat. Das war ein Fehler. Ich will mein Geld zurück. Aber ich bin ja Geschäftsmann. Also gebe ich euch Karim zurück, und ihr gebt mir den Laden. Ich schicke meine Jungs rein, und ihr lasst sie in Ruhe ihrem Business nachgehen. Kein anderer verkauft da sein Zeug, das ist ab jetzt mein Terrain. Und ihr beide sorgt weiterhin dafür, dass kein anderes Zeug außer meinem dort verkauft wird. Und wer weiß, wenn ihr das gut macht, dann könnt ihr alle bei mir einsteigen, ich kann immer so gute Jungs wie euch gebrauchen. Dann können wir zusammen das ganz große Rad drehen. Kapiert?«

»Nein.« Marcel sah ihm reglos ins Gesicht.

Ich versuchte, die Situation zu kapieren. Tom wollte uns nicht gegeneinander ausspielen, sondern er wollte uns alle drei im Sack haben, so wie Marcel es im Taxi vorausgesagt hatte. Die 10 000 waren ihm nicht wichtig. Wir drei waren ihm wichtig. Marcel hatte recht, recht mit allem. Tom wollte uns in eine Situation bringen, in der wir keine andere Wahl hatten, als für ihn zu arbeiten oder zumindest das zu tun, was er von uns verlangte. Tom wollte die Kontrolle. Die absolute Kontrolle über Karim, Marcel und mich. So hatte er es immer gemacht. Niemand von uns wusste genau, wie all seine Machenschaften funktionierten, wie er nach oben gekommen war und sich da oben hielt. Tom hatte gelernt, sich niemals auf sein Glück zu verlassen. Er schaltete alles aus, was ihm gefährlich werden könnte. Er dachte immer mindestens fünf Züge voraus. Er täuschte, überlistete, besiegte, tötete oder ließ töten. Seine Feinde wanderten entweder ins Grab oder aus dem Land, oder er zwang sie, für sich zu arbeiten, er machte sie zu Verbündeten. Es ging um das große Geld, die Drogen, die Clubs, die Türen. So was lernst du nicht auf der Schulbank. Das sind die Schlachten, die tagtäglich auf dem Asphalt dieser Republik geschlagen werden. Das hier ist kein Gangstarfilm, kein Reality-TV, das ist real. Entweder bist du Opfer oder Täter. Und Tom ist nicht dafür geboren, ein Opfer zu sein.

Tom hielt kurz inne und überlegte, wie er auf Marcels Nein antworten sollte. Dann schüttelte er den Kopf: »Ich weiß, dass Karim schon seit längerem was mit Ziska hat. Sie ist frei, was soll's.« Tom lächelte. »So lange ich weiß, mit wem sie es treibt, wann und wo, darf sie ficken, wen sie will.« Karim bewegte sich. Er schien aufzuhorchen, obwohl er dem Tod näher war als dem Leben. Tom beugte sich zu Karim runter. »Ziska kann mit kleinen Pimmeln wie dir eigentlich nichts anfangen. Sie hat einfach keinen Spaß mit kleinen Pimmeln.« Er klopfte Karim auf die Schulter. »Ich weiß, dass du zwei gigantische Eier hast, aber das macht Ziskas Spalt auch nicht voll, nicht wahr?«

Tom und seine Leute fingen laut an zu lachen und klatsch-
ten sich ab. Marcel und ich standen wie versteinert. Tom
drehte sich zu uns: »Also, Marcel, du sagst nein. Nein.
Nein. Nein?! Nein?!« Tom wiederholte Marcels Worte
immer und immer wieder. Dann schaute sich Tom irritiert
um. Dann begann er wieder zu grinsen. »Du scheinst ein
ebenso großer Idiot zu sein wie der Kleine da.« Er wurde
ernst. »Hier geht's ums Geschäft. Wer mich bescheißt, der
wird sehen, was er davon hat. Und wer sich mir in den
Weg stellt, den niete ich um.«

Marcel zog seine Waffe und hielt sie Tom vor die Nase.
»Uns nicht.«

Die beiden Typen brüllten los, der Schwarze zog eine
Waffe, Tom auch. Tom schoss. Ich warf mich auf den
Boden und hörte den Kugelhagel über mir. Geschrei.
Dann Stille. Ich konnte mich nicht mehr bewegen. Zwei
Hände griffen mich und zogen mich auf die Beine.

Marcel packte mich an den Schultern: »Du musst sofort
weg! Das ist kein Ort für dich. Ich kümmere mich um
alles. Du musst dich da raushalten. Mir ist es egal. Aber
du hast noch Chancen. Hör mir zu: Wenn einer das Zeug
hat, wirklich etwas aus sich zu machen, dann bist du das.
Ich wusste das immer. Wenn einer hier rauskommen
kann, dann du. Für alle anderen, Typen wie mich und
Tom, gibt es nur zwei Wege hier raus, Knast oder Grab.
Und jetzt beeil dich, die Bullen werden gleich hier sein.
Los!« Ich blickte um mich und sah Karim auf dem Stuhl,
wie er noch gefesselt war, aber den Knebel irgendwie aus-
gespuckt hatte und wild an den Seilen riss und sich den
Leib aus der Seele schrie: »Hau ab Alen! Hau ab! Mach

mich los Marcel! Ich mach sie alle kalt! Ich mach sie kalt …« »Alen, hau ab!« Marcel stieß mich zur Treppe, und ich rannte die Stufen hoch. Ich wusste nicht, was mit den andern war, ob sie alle tot waren. Es war alles in Bruchteilen von Sekunden passiert. Ich rannte aus dem Tattoo-Laden, ins Nachmittagslicht, ich rannte, so schnell ich konnte. Ich hörte eine Polizeisirene. Aber vielleicht bildete ich mir das auch nur ein, ich rannte weiter, immer weiter, immer weiter, weiter. Ich fühlte meine Beine nicht mehr, alles um mich herum war leicht, alles um mich herum war klar.

Als ich um eine Straßenecke bog, lief ich Sammy in die Arme. Ich stieß ihn fast um. Ich war außer Atem, aber ich versuchte mich zu kontrollieren. Nichts anmerken zu lassen. In diesem Moment fuhren zwei Polizeiwagen an uns vorbei mit Blaulicht und Martinshorn. Es war so laut, dass mir beinahe das Trommelfell platzte. Warum ich nicht mehr zum Training kommen würde, fragte Sammy mich. Ich sagte ihm, dass ich ab jetzt wieder kommen würde. Ja, ich wäre wieder dabei. Wie früher. Er gab mir seine Hand, und ich sollte einschlagen. Versprochen? Ja, sagte ich, und ich gab ihm auch meine Hand. Versprochen! »Ich muss jetzt weiter«, sagte ich plötzlich hektisch, schaute mich instinktiv nach den Polizeiwagen um. In diesem Moment wussten Sammy und ich, dass ich gelogen hatte. Dass ich nicht zurückkommen würde. Sammy nickte. »Pass auf dich auf.« Und er ging. Ich blieb noch kurz stehen und schaute ihm hinterher.

Ich bin ein Junge von der Straße, und ich werde immer ein Junge des Asphalts bleiben, dachte ich. Ich werde lügen, betrügen, die Wahrheit schwören, loyal sein, verraten, mich und jeden anderen, überall. Ich werde immer das machen, was mich weiterbringt. So ist das hier. So ist das, wenn man in Baumheide geboren wurde. Und ich dankte Menschen wie Sammy, die immer noch daran glaubten, dass es für so einen wie mich nie zu spät war, den richtigen Weg einzuschlagen. Die Rettung kann ein Handschlag sein. Ein Pakt. Ein Versprechen, das nur eingehalten werden muss. Ein Pakt, der geschlossen wird. Irgendwann. Aber nicht jetzt. Ich lief weiter. Ich lief weiter, um mein Leben.

Bis solche Typen wie ich kapierten, worum es wirklich geht, würden noch öfter Handschläge nicht eingehalten, Versprechen gebrochen.

Solche Typen wie ich waren Gefangene einer Idee. Wir glaubten fest daran, dass alle Wahrheit auf der Straße zu finden war. Für die Wahrheit des wirklichen Lebens gilt dies nicht.

Dieser Handschlag hätte der erste Schritt zu einer neuen Identität werden können.

Wurde er aber nicht.

5 23.00 Uhr. Montag. Sechs Stunden zuvor war Marcel Amok gelaufen. Jetzt saß er auf der Polizeiwache am Kesselbrink. Ich habe seine Mutter angerufen. Geweint hat sie am Telefon. Die ganze Zeit. Ich konnte sie kaum verstehen. Das Schluchzen riss mir die Schädeldecke auf. Am liebsten hätte ich aufgelegt, aber ich wollte wissen, was mit Marcel war. Ich hatte Mitleid mit dieser Frau. So ein abgefuckter Tag. Für uns alle, Schuldige und Unschuldige wurden hineingerissen. Ich versuchte, sie zu trösten, dass alles nicht so schlimm wäre. Aber eigentlich wusste ich es besser. Wir hatten ein Verbrechen begangen, ein richtiges, nicht irgendeine Kleinigkeit, eine Schlägerei oder Kaugummis klauen, nein, wir haben Menschen abgeknallt. Ich fühlte mich genauso schuldig wie Marcel, obwohl ich nicht abgedrückt hatte. Ich stand dabei und hatte es nicht verhindert, das ist genauso schlimm.

Ich rief zu Hause bei meiner Mutter an, sie wusste von gar nichts. Ich sagte nichts, nur dass ich gleich nach Hause kommen würde. In diesem Moment wusste ich, dass Marcel der Polizei nichts gesagt hatte. Ich wusste auch, dass Marcel niemals etwas sagen würde, was mich in Gefahr bringen könnte. Er wollte da alleine durch.

Ohne mich. Er hat sich für mich und Karim geopfert, dachte ich.

Karim lag schwerverletzt auf der Intensivstation im städtischen Krankenhaus. Eine warme und trockene Nacht. Sommer.

Tom war tot. Seine zwei Handlanger auch. Insgesamt drei Tote.

Ich war auf dem Weg zu Flo. Ich wollte mit ihr abhauen. Das hatte ich ihr aber noch nicht gesagt. Ich weiß nicht, warum. Vielleicht, weil sie nein gesagt hätte. Ja, wahrscheinlich hätte sie nein gesagt. Also wieso hätte ich sie fragen sollen.

Eine Espressobar in Genua eröffnen. Sie und ich. Nur wir beide. Sonne. Sand. Meer. Hafen. Hotel. Wohnung. Haus. Ich hatte ihr davon nichts erzählt.

Ich wollte mit Karim und Marcel einen Club aufmachen. Hier in Bielefeld. Ich wollte, dass wir alles dafür tun und uns gemeinsam anstrengen, unsere eigenen Chefs werden. Ich habe ihnen aber nichts davon gesagt.

Ich bin zu spät gekommen. Zu spät. Ich komme immer zu spät. Mit allem. Ich bin zu langsam im Kopf. Wenn ich früher mit ihnen gesprochen hätte, ihnen von meinen Plänen erzählt hätte, wäre die ganze Scheiße bestimmt nicht passiert. Ich hatte die Chance, aber ich habe es vermasselt. Jetzt war alles im Arsch. Ich war um die Polizeistation in Kesselbrink herumgeschlichen. Aber ich hatte mich nicht hineingetraut. Marcel saß wahrscheinlich in U-Haft, irgendwo im Keller, und Karim war im Krankenhaus. Ich stand auf der gegenüberliegenden Straßenseite der Polizeiwache. Aber ich konnte nicht ewig dort stehenbleiben. Marcel würde sowieso nicht mehr rauskommen. Ich ging los, zu Flo. Ich musste sie jetzt sehen. Auch wenn sie mich den ganzen Tag immer wieder abgewimmelt hatte. Außerdem war mir kalt. Ich machte mich auf den Weg. Sie wusste ja noch gar nichts. Ich würde ihr auch nichts sagen. Das würde sie sowieso nicht verstehen. Und besser, sie wusste nichts davon. Als ich vor ihrem Haus stand, rief ich sie an, damit sie mich reinlassen konnte, ohne dass ich klingeln musste, damit ihre Eltern es nicht mitbekamen. »Flo, du musst mich jetzt reinlassen. Ich muss mit dir sprechen!« Sie zögerte: »Ich bin nicht zu Hause.« Wo sollte sie denn sein? »Wo bist du denn?« Sie sagte erstmal nichts. »In Brackwede. Am Busbahnhof.« »Was machst du denn da?« »Komm her. Eine Stunde hast du noch.« Dann war sie weg. Sie hatte das Gespräch beendet.

In Brackwede, am Busbahnhof. Dort war man nur, wenn man jemanden abholen wollte, der zurückkehrte. Oder wenn man wegwollte. Von da aus konnte man überall hin. Ich musste Flo nicht abholen. Also wollte sie weg. Das war es also. Jetzt, dort würde sie es mir sagen. Ich wusste es. Ich hatte es die ganze Zeit gewusst. Das war es, was sie mir sagen wollte. Oder nicht sagen wollte. Sie hat es mir nicht gesagt, obwohl sie es die ganze Zeit wusste. Jetzt mussten wir uns am Busbahnhof treffen, weil es für sie kein Zurück mehr gab. Weil sie dafür keine Sprache hatte. Der Ort sollte sprechen. Der Ort und unsere Anwesenheit an diesem Ort.

Fünf Monate zuvor hatte ich meinen Onkel getroffen. Er hatte mich beschimpft und mir Vorwürfe gemacht: Du weißt nichts von dem, was dich ausmacht, und dieses Unwissen wird dich irgendwann um den Verstand bringen. Weil du nie wissen wirst, was du im Leben willst, solange du nicht weißt, woher du kommst, wo deine wirkliche Heimat ist. Ein heimatloser Zombie bist du. Dieses Land hat dich zu einem Zombie gemacht. Ohne Ziele und Hoffnung bist du, auf der Suche nach Erlösung. Du lebst vor dich hin, weil man dir deine Identität genommen hat und nicht geholfen hat, eine neue Identität, eine wirklich neue Heimat zu finden. Eine hohle Nuss bist du. Er selber war auf der Suche nach dem Schatz unserer Familie, nach der verlorenen Heimat.

Ich könnte ihn begleiten, dachte ich, während ich mich nach einem Taxi umsah, das mich so schnell wie möglich nach Brackwede bringen würde. Ich könnte meinen Onkel anrufen. Und mit ihm zusammen das suchen, was verschüttet ist. Nichts von dem, was mich hier umgibt, gehört mir. Alles ist geliehen. Von der Stange. Ich könnte mit ihm los und etwas ausgraben. Die Fragen klären. Wer ich bin. Woher ich komme. Wohin ich will. Baumheide ist nicht meine Heimat. Wir sind hier an den Rand der Gesellschaft gespült worden, ohne dass wir etwas dagegen hätten tun können. Aber damit ist jetzt Schluss. Der Wal will zurück ins Meer. Ich lasse mich nicht mehr herumschubsen. Ich will kein Produkt meiner Umwelt mehr sein. Ich will, dass die Umwelt ein Produkt von mir ist.

Es muss alles anders werden. Von heute an nehme ich mein Glück selbst in die Hand. Mein Onkel hat mir eine Nummer gegeben. Er hat gesagt, wenn ich nicht mehr weiter weiß in meinem Leben, dann soll ich ihn anrufen.

Irgendwann wird der Moment kommen, an dem ich nicht mehr kann, aufgeben will, mich wie ein kleines Tier in einer Ecke eingesperrt fühle. Ohne Zähne. Dann soll ich ihn anrufen, er weiß, wie es dann weitergeht mit mir. Dieser Ort ist nur eine Zwischenstation auf dem Weg zu etwas ganz anderem. Wenn man nicht weiß, woher man kommt, dann kann man auch nicht wissen, wohin man will. Solange ich das in meinem Leben nicht geklärt hätte, würde ich ein Stück Holz in einem Wasser bleiben, hatte er gesagt. Jede Strömung lenkt mich hin, wo sie will, aber nicht, wohin ich will. Ich verstand, was er mir an diesem Nachmittag gesagt hatte. Ich nahm den Zettel mit seiner Nummer aus der Jackentasche.

Aber eigentlich könnte ich auch wieder zur Schule gehen. Ich könnte die Schule beenden, einen Abschluss, einen richtig guten Abschluss könnte ich machen. Dann stünden mir alle Türen offen in diesem Land, und ich müsste nicht mehr an der beschissenen Tür im Glashaus arbeiten. Ich könnte die ganze Scheiße vergessen, die hier passiert. Ich könnte Arzt oder Anwalt werden oder vielleicht Lehrer, wenn ich einen Abschluss hätte. Ja, das werde ich Flo sagen. Ich werde ihr sagen, dass ich wieder zur Schule gehen will, ich war ja eigentlich ganz gut in der Schule. Bis mein Vater gestorben ist. Ich bin dann nicht mehr hin, ich kam einfach morgens nicht mehr aus dem Bett hoch, das Fieber drückte mich in die Kissen.

Ich warte ab, was Flo dazu sagt, nachher, ich werde es ihr sagen, dachte ich. Egal, was sie sagt. Ich werde ihr sagen, dass ich meine Schule zu Ende mache, und dann gehe ich mit ihr mit, egal, wohin sie will, ich gehe mit ihr.

Ich will kein Zombie sein. Wir mieten uns eine Wohnung, ich gehe kellnern oder suche mir einen Club in einer anderen Stadt, einmal die Woche könnte ich arbeiten, das wäre kein Problem, mit der Schule, das bekomme ich hin. Ich will nicht dagegen sein. Clubs gibt es überall. In jeder Stadt. In jedem Land. Auf der ganzen Welt. Jeder will Party machen, und jeder will beschützt werden, das, was ich mache, ist international. Ich will dabei sein. Sie wird sich freuen, ich weiß es, egal, was sie sagt, ich werde sie überzeugen. Flo ist die Frau, die Frau an meiner Seite, mit dieser Frau kann ich alles erreichen. Ich will meine Heimat finden. Nicht suchen.

Karim liegt auf der Intensivstation. Ich habe das Versprechen, das ich meiner Oma gegeben hatte, gebrochen. Ich konnte ihn nicht beschützen. Meiner Mutter habe ich davon nichts erzählt. Sie sitzt zu Hause und schaut fernsehen. Wenn ich hier abhaue, werde ich meine Mutter verlieren. Sie wird nicht mitkommen, nicht in Wirklichkeit und nicht in Gedanken. Ich werde da draußen allein sein, ohne Familie. Telefonate und Besuche werden nichts nützen. Wir werden auseinandergehen. Sie wird mich vergessen. Vergessen müssen. Ich werde sie vergessen. Es wird mir wehtun. Ihr auch. Aber das werden wir für uns behalten und es dem anderen nicht sagen. Mit dem Leben hier hat sie schon lange nichts mehr zu tun. Ich weiß, dass ich alles verliere. An diesem Montag. Obwohl ich es weiß, werde ich um nichts kämpfen, das ich zurücklasse. Wofür auch? In dieser Welt hier gehört mir nichts. Das Leben hier ist nicht meins. Nichts. Ich weiß. Ich ziehe mir die Jacke bis über beide Ohren. Ich komme mir vor wie ein

Stück Holz, das von den Wellen hin und her bewegt wird, ohne eigenen Willen, und irgendwann an den Strand gespült wird. Und da liegen bleibt und vertrocknet.

23.02 Uhr. Busbahnhof Bielefeld Brackwede. Immer noch Montag.

Flo stand vor mir. Hinter ihr stand ihr Koffer. Ihre Eltern waren nicht da. An einem Montagabend ist hier kein Mensch, außer den paar Leuten, die nach Genua fahren, dachte ich, als ich mich umsah. Wir standen zusammen bei den Bussen, die jeden Abend von hier aus nach Genua fuhren, mit Zwischenstopp in Frankfurt und München, Abfahrt 23.30 Uhr. 30 Minuten, dachte ich, wir haben 30 Minuten. Also keine Diskussionen.

Denn genau diesen Bus wollte sie nehmen, der eigentlich nach Genua fuhr. Aber das war nicht ihr Ziel. Sie wollte nach München, sagte sie mir. Am nächsten Morgen um 7 Uhr würde sie dort sein, in München. Das war es also. Das wollte sie mir die ganze Zeit sagen. Sie wusste schon seit bestimmt ein oder zwei Wochen, dass sie hier stehen würde. Sie hatte den Entschluss gefasst, ohne es mir zu sagen. So sehr muss sie mich lieben, dachte ich, so sehr liebt sie mich, dass sie es mir erst jetzt sagt. Sie sagt es mir so, damit wir nicht mehr darüber reden können, weil sie es nicht will. Sie will nicht mit mir reden, sie will es selber entscheiden, ich muss es akzeptieren und gehen. Ich muss zurückgelassen werden, damit sie sich häuten kann. Sie kann nicht im Frieden gehen, es muss das Schuldgefühl geben, das sie zum Erfolg da draußen verdammt.

Liebte sie mich? Ja, das tat sie. Wie sie da so stand, sah ich es.

Aber in Wirklichkeit war das egal. Ich liebte sie, und ich wollte nicht, dass sie geht. Nicht das tut, was sie tun musste. Ich liebte sie, und ich wollte sie nicht gehen lassen. In diesem Moment musste ich an den Boxkampf mit Steve denken und an die Worte von Sammy. Wie man Dinge, die nicht zusammengehen, doch zusammenbringen kann. Ich wollte nicht, dass Flo geht. Aber ich sagte es ihr nicht. Ich wollte nicht das größte Hindernis in ihrem Leben sein. Sie würde es schwer genug haben da draußen in der Fremde. Ich wusste das, ich sah an meiner Familie, wie sie zerfiel. Schritt für Schritt, langsam aber sicher ging sie ihrem Ende entgegen, die Familie. Die Mühlsteine des Lebens hatten es geschafft, wir waren fast zerrieben. Und ich war nur der kümmerliche letzte Rest. Ein kleines Körnchen, das kurz davor war, zu Staub zu zerfallen, wenn dieses Mädchen, das ich so liebte, in diesen Bus stieg und wegfuhr. Ich wusste, dass, wenn Flo in diesen Bus einstieg und wegfuhr, ich keinen Halt mehr hätte.

Ich hielt noch eine Weile Flos Hand. Dann hörte ich den Bus hupen. Flo drehte sich zu dem Bus um. Alle Reisenden saßen schon drin. Flo gab dem Busfahrer ein Zeichen, er solle noch einen kleinen Moment warten. Flo wollte noch etwas loswerden, dachte ich. Sie strich mir übers Gesicht. »Schon seit einem Jahr komme ich fast jeden Abend an diese Bushaltestelle«, sagte sie. Warum hatte sie mir das nicht gesagt? Ich behielt die Frage für mich. Genau auf diesen Bus warte sie, der aus dem Norden kommt und runter in den Süden fährt. Erst nach München und von da aus fahre er zu einem Hafen am Meer, sagte sie, nach Genua. »Ich stelle mir den Hafen dort vor. Wie die Möwen herumfliegen und nach etwas Essbarem suchen. Wie die ersten Sonnenstrahlen langsam die Steinplatten wärmen. Ich stelle mir vor, wie ich mich auf die warmen Platten setze und ein Stück Brot mit Käse esse. Ab und zu werfe ich den Möwen ein Stück Brot zu. Nach und nach vertrauen mir die Möwen und landen um mich herum. Ich will genau mit diesem Bus fahren, weil ich in die Gesichter der Menschen schauen will, die in den Süden fahren. Ich will ihre Blicke sehen, das Funkeln in ihren Augen, diesen Blick des Nicht-mehr-abwarten-könnens-um-endlich-dort-anzukommen. Ich will weg von hier. Weit weg.« Sie hasse diese Stadt. Bethel. Diese Enge. Diese ewig gleichen Gesichter, morgens, mittags, abends.

Dann hielt sie inne, fast eine Ewigkeit.

»Und was ist mit dir?«, fragte sie mich.

»Was soll mit mir sein?«, antwortete ich. Ich wusste nicht, was sie aus mir in dieser Situation herauslocken wollte. Sie atmete einmal tief ein und sagte, dass die Luft im Süden, am Meer, ganz leicht und klar sei. Dann fragte sie mich, ob ich hier schon mal weiter als hundert Meter gesehen hätte? Hier?, dachte ich. Ich war irritiert. Ich hatte keine Antwort. »Nein«, fuhr sie fort, »natürlich nicht, weil man das hier nicht kann. Dort aber kann man, wenn man auf das Meer blickt, bis zu 25 Kilometer weit sehen.« Jetzt wusste ich, worauf sie hinaus wollte. »Manchmal sogar 80 Kilometer weit. Weißt du das? Weißt du, wie weit das ist. 80 Kilometer? Warst du jemals so weit weg von

Bielefeld? Jemals so weit weg, ganz bewusst und ganz alleine?«

Ich wollte was sagen, aber dann gab sie mir einen Kuss. Sie wollte nicht, dass ich spreche. Jedes Wort, das ich in den Mund hätte nehmen können, hätte uns beide weiter voneinander entfernt. Und sie wollte mir ganz nahe sein. »Ich weiß, wer du bist. Du bist der Sohn von Aris, du lebst mit deiner Mutter, Maria, alleine jetzt, weil dein Vater sich das Leben genommen hat, als du achtzehn warst. Du hast Baumheide noch nie verlassen. Du arbeitest als Türsteher, das ist das Einfachste, dazu brauchst du nur deine beiden Augen und deine beiden Fäuste, das ist alles, mehr nicht. Und diese Klarheit liebe ich. Mehr muss ich nicht wissen, um dich zu lieben. Aber ich weiß, dass es noch so viel mehr da draußen gibt. Und ich weiß, dass du auch irgendwann Antworten suchen wirst auf alle deine Fragen. Ich weiß, dass du dir ständig Fragen stellst, auch wenn du sie niemals aussprichst. Ich kann nicht mehr über dich herausbekommen, auch wenn ich es gewollt hätte.« Stimmt, dachte ich. Weil ich selber nicht mehr über mich weiß, dachte ich. Aber auch das sagte ich ihr nicht. Es hätte auch nichts gebracht. In ihren Worten lag kein Vorwurf. Ich fühlte mich nicht gekränkt. Ich fühlte mich von Flo nie gekränkt, egal, wie hart sie zu mir war. Sie hatte die Wahrheit gesprochen. Diese Wahrheit über mich half ihr, sich ihrer eigenen Wahrheit zu stellen. »Du musst den Dingen auf den Grund gehen«, sagte sie. »Ich nicht. Ich will weg von da, raus aus diesem Grund, aus dieser Familie, aus diesem Haus. Du suchst das Vertraute, ich die Fremde. Ich muss raus aus meiner Geschichte. Ich will meine eigene Geschichte schreiben. Ich will nicht in die Fußstapfen von Mama oder Papa oder sonst jemandem treten. Ich will nicht, dass mir jemand dieses oder jenes ermöglicht. Ich weiß alles über mich. Und ich will genau das alles vergessen.«

Fernweh hatte sie.

Heimweh hatte ich.

Sie wollte vergessen, wer sie ist, und ich wollte wissen, wer ich bin. Deshalb mussten sich unsere Wege trennen.

In dieser Nacht.

Deshalb musste sie eine Reise nach draußen machen und ich eine Reise nach drinnen. Hier an dieser Bushaltestelle standen wir beide wie zwei Türsteher auf der Schwelle. Einer wollte raus, einer wollte rein.

Sie träumte von fremden Welten und wollte sich von der vertrauten lösen.

Ich lebte in einer fremden Welt und suchte nach einer vertrauten.

Sie wollte frieren.

Ich wollte, dass es mir hier endlich warm wird.

Sie hätte den Zug nehmen können, der wäre bequemer gewesen, schneller, in viereinhalb Stunden wäre sie da gewesen, oder fliegen. Das wäre noch schneller gegangen, von Paderborn aus oder Hannover, eine Stunde Flugzeit nach München. Nein, sie wollte unbedingt diesen Bus. Den Bus, der fast acht Stunden nach München brauchte. Dann auch noch die Nacht durch. Diese Kälte. Diese unbequemen Sitze. Das alles wollte sie. Es gab in diesem Bus noch nicht einmal ein Klo. Alle zwei Stunden hielt er in der Nacht an irgendeiner Raststätte. Mein ganzes Leben richtete ich danach aus, dass es mir gutging, irgendwann. Alle meine Träume hatten nur damit zu tun, wie ich mein Leben verbessern, aufwerten konnte. Der Job an der Tür sollte der erste Schritt dahin sein. Ich war auf dem Weg nach oben, dachte ich. Immer Bargeld dabei. Jederzeit kaufen können, was ich will. Und Flo? Flo hatte alles von Anfang in die Wiege gelegt bekommen. Sie fing bei plus 100 an und ich bei minus 100.

Sie wollte alles bis auf null runterfahren, um sich wieder richtig zu fühlen im Leben. Ich wollte wenigstens auf null kommen, bevor ich sterbe. Sie wollte nichts geschenkt bekommen. Ich alles. Sie war satt und wollte hungern. Ich war am Hungern und wollte fressen.

Dafür liebte ich sie, für ihre Appetitlosigkeit, sie hatte keine Wünsche. Ich ständig. Dafür liebte sie mich. Sie war mein Spiegelbild und ich ihres. Deshalb passten wir so gut zusammen, dachte ich in dieser Nacht. Sie wollte so sein wie ich, und ich wollte so sein wie sie. Für alles, wofür sie sich schämte, liebte ich sie. Für alles, wofür ich mich schämte, meine Armut, meine Heimatlosigkeit, liebte sie mich. Dass wir uns in dieser Nacht getrennt haben, war eine Tragödie. Ein von uns beiden unverschuldetes Unglück.

Auch Flos Welt war nicht heil. Alles war Fassade, darunter faulte sie genauso wie meine. Meine hatte nur keine Fassade.

Ihre Welt war genauso durch und durch kaputt wie meine. Sie hielt das Ganze nicht mehr aus. Ihre Welt hatte sich abgetragen. Sich selbst überlebt. Die Erneuerungen verschlafen. Das Gradlinige, Homogene in ihrer Familiengeschichte. Keine Brüche. Keine Zäsuren. Das war das Kaputte, das Pathologische. Zombies waren sie alle um sie herum. Sie wollte leben. Aber nicht hier. Hier erwartete sie der Tod. Sie wollte Brüche, Zäsuren, Festplattenabstürze, Kurzschlüsse. Sie wollte, dass alles um sie herum auseinanderfliegt.

Das verstand ich in dieser Nacht. Ich habe mich getäuscht, dachte ich. Ich dachte, wenn man so ein Leben lebt wie sie, wo man alles hat, um nichts Angst haben muss ... – Aber genau das war es. Wenn man alles hatte, um nichts Angst haben musste, war man in ihrer Welt dem Tod näher als dem Leben.

Das hat sie gespürt. Was, bevor sie mich kannte, nur eine Ahnung in ihr war, änderte sich schlagartig, als sie sich in mich verliebte. Von da an war ihre Ahnung eine Gewissheit.

Ich glaube, in dem Moment, als sie sich in mich verliebte, begann ihr Abschied aus ihrer Welt.

Und ebenso war es bei mir. In dem Moment, als ich mich in sie verliebte, begann ich, Abschied von meiner Welt zu nehmen.

23.59 Uhr. Seit einer halben Stunde war sie weg. Ich stand immer noch am Bahnhof. Sie hatte mich dorthin bestellt, weil sie mit mir nicht über ihre Entscheidung reden wollte. Keine Diskussion. Kein Raum für Umstimmung. Sie wollte, dass ich nur zustimmte, das war ihr Plan. Ich hatte keine Chance. Ich konnte ihr nur zustimmen oder schweigen. Sie hatte ein Zeichen gesetzt. Ein Zeichen, damit ich erkannte, wie schwer ihr die Entscheidung gefallen war. Zu gehen. Mich hier zu lassen. Sich von mir zu trennen.

Ich beschloss, den Weg zu Fuß zurückzugehen. Nach Baumheide. Elf Kilometer. Vor einer halben Stunde ist Flos Bus abgefahren, zusammen mit Flo. Eine absolute Wahrheit. Ich habe eine Geschichte. Aber ich habe keine Sprache. Ich schlage in das Gesicht des anderen. Ein Schlag in mein Gesicht. Haut und Knochen treffen auf Haut und Knochen. Alles in Jetztzeit. Nicht ein Gedanke wird an die Vergangenheit verschwendet oder an die Zukunft. Alles ist konkret. Und falsch.

23.33 Uhr. Der Bus war mit Flo darin abgefahren. Ich stand da. Es war Sommer. Wie heißt die Zeit zwischen den Sekunden, die Zeit zwischen den Stunden, die Zeit zwischen den Tagen und den Nächten? Wie heißt das Land zwischen den Ländern? Wie heißt der Ort zwischen den Kontinenten? Zwischen den Meeren und Seen? Zwischen Himmel und Erde und Hölle? Gibt es einen Raum zwischen illegal und legal? Da stehe ich. Es gibt ein Dazwischen. Und da liegen die Gedanken, die immer so gegen 4, 5 Uhr morgens kommen, über die ich mit niemandem reden kann. Es gibt da einen dunklen Fleck in mir. Eine Lücke. Ein dumpfes Wummern. Manchmal höre ich es nicht, und manchmal ist es das Einzige, was ich höre. Dann nehme ich um mich herum gar nichts wahr, das Wummern zieht durch meinen Körper, bis tief in meine Fingerkuppen und Eingeweide und Zähne. Es ist überall. Es schmerzt, und dann wird es laut. Unerträglich.

23.03 Uhr. »Ich habe nur dieses Talent. Das ist das Einzige, an das ich glauben kann. Alles, was um mich herum ist, gehört nicht zu mir. Mir gehört nur, was in mir ist. All die Jahre haben mir Menschen gesagt, was ich tun soll oder wie ich mich benehmen soll. Wie meine Zukunft aussehen wird. Sie haben ein Bild vor Augen. Aber niemand glaubt wirklich an mich. Sie glauben an ihre Erwartungen. Ich dachte immer, mein Traum von meinem Leben wäre, erfolgreich die Schule zu beenden, Abitur machen und Jura studieren. Aber das ist nicht mein Traum. Natürlich möchte ich das Richtige tun. Aber meine Eltern haben mir dieses Ziel von klein auf eingeredet, so dass ich immer gedacht habe, dass das mein Traum ist. Mein Wunsch ist wahrscheinlich, meine Eltern glücklich zu machen. Oder dich. Aber was wirklich mein Traum ist, ist das, was ich jetzt tue, ohne euch.« Und dann sagte sie: »Ich will, dass du mitkommst.«

»Ich kann nicht«, antwortete ich.

Dann schrie sie mich an: »Ich will, dass du mit mir zusammen in diesen Bus einsteigst und mit mir zusammen nach München fährst.«

Ich konnte nicht antworten. Nicht zustimmen. Ich bekam keinen Ton raus.

»Komm mit mir. Lass uns das gemeinsam durchziehen. Du machst dort deine Schule zu Ende, dann gehst du studieren, was auch immer, und wir bleiben zusammen.«

Ich schwieg.

»Du wirst auch dort einen Job finden, wir schmeißen unser Geld zusammen. Und dann schlagen wir uns durch. Ich habe sogar ein Ticket für dich gekauft, schau hier«, sie hielt zwei Tickets hoch. »Du hast was auf dem Kasten da oben, du bist anders als die anderen«, sagte sie. »Du bist verschenkt hier, komm mit mir.«

Ich bekam immer noch keinen Ton raus. Los, dachte ich, jetzt, dachte ich, jetzt kannst du es ihr sagen, sag ihr, dass du seit deinem sechzehnten Lebensjahr dein eigenes Geld verdienst und einen riesigen Batzen auf die hohe Kante gelegt hast, so viel Geld, nur für euch beide. Wir holen das Geld und dann kommen wir morgen wieder und fahren durch, bis Genua ... Ich vertiefte mich so sehr in meine Gedanken, dass ich nicht mehr hörte, was Flo sagte. Ich sah nur ihre Augen, ihren Mund, ihre Haare, die vom Wind hin und her geworfen wurden. Während sie redete, huschte immer wieder eine Haarsträhne in ihren Mund, die sie mit der Hand von dort wieder entfernte.

Das ist jetzt also der Abschied, dachte ich. Na los, dachte ich, jetzt tu endlich was, lass sie nicht gehen, nicht so, los, kämpf um sie, sag ihr, was du vorhast, sie will es hören, sag ihr, dass du mit ihr abhauen möchtest, sag ihr, dass du mit ihr zusammen abhauen möchtest, du kannst jetzt mit ihr nach München, dann bleibt ihr da eine Weile, und nach ihrem Studium fahrt ihr einfach weiter in den Süden, München ist nur eine Zwischenstation, es geht weiter. Steig jetzt in den scheiß Bus ein, los, du Idiot, lass sie nicht gehen. Steig in den Bus ein, bitte, lass sie nicht gehen. Wenn sie geht, ist alles aus. Schluss. Vorbei.

Dreieinhalb Monate zuvor hatte Flo die Aufnahmeprüfung bestanden. In München. Es war ihr erstes Vorsprechen gewesen, sie war heimlich gefahren, sie hatte niemandem davon erzählt, sie hatte es ganz alleine durchgezogen, ohne ihren Eltern oder mir etwas zu sagen. Nicht einmal ihre Freundinnen wussten Bescheid. Sie hat gleich beim ersten Mal die Aufnahmeprüfung für die Schauspielschule bestanden. Niemandem hat sie davon erzählt, sie behielt es für sich. Warum, weiß ich nicht. Ich habe es erst an diesem Montagabend am Busbahnhof erfahren, kurz bevor sie nach München fuhr. Ich denke, weil sie lange selber nicht wusste, ob sie diesen Schritt überhaupt gehen sollte. Da gab es ihre Eltern, ihre Freunde und mich. Wie hätte ich reagiert, wenn sie es mir gesagt hätte? Ich glaube, ich hätte ihr gesagt, dass sie nicht gehen soll. Ihre Eltern hätten gesagt, dass sie etwas Richtiges studieren solle. Und ihre Freundinnen hätten gewollt, dass sie gemeinsam irgendwo hingehen, wo sie alle zusammengeblieben wären. Nein, sie hat es auf eigene Faust und gegen den Willen aller durchgezogen. Das war Flo. Ich hätte sie nicht zurückhalten können. Irgendwie war es richtig und falsch zugleich, es auf diese Art und Weise zu erfahren. Es war richtig, weil die Zeit mit Flo die schönste in meinem Leben war und ich nicht drei Monate lang jeden Tag daran denken musste, dass sie die Stadt verlassen wird. Falsch war es, weil man das mit einem Menschen, den man liebt, eigentlich nicht macht. Aber ich kann sie nicht hassen, nicht wütend sein, weil ich sie liebe und weiß, dass sie mich liebt, und irgendwie hat sie mich angelogen, gerade weil sie mich liebt. Eine große Liebe, dachte ich, braucht so einen Abschied. Schlimmer wäre es für mich gewesen, wenn sie einen anderen Mann gehabt hätte und wir uns nicht mehr geliebt hätten. Obwohl wir uns lieben, haben wir uns getrennt, weil sie das so wollte. Ich hatte nichts zu melden. Dabei hätte ich wissen müssen, dass es für sie etwas gab, das sie mehr liebte. Das Spielen. Sie hatte einmal gesagt, dass sie Schauspielerin werden wollte. Ich hatte sie gefragt, warum, und sie konnte mir darauf keine Antwort geben. Ich hätte die Antwort wahrscheinlich eh nicht verstanden. Ich habe es nicht ernst genommen. Ich dachte, das Theaterspielen wäre ein Hobby. Darüber, was sie nach dem Abi machen wollte, hatten wir nie gesprochen. Ich hatte sie nie gefragt. Sie hatte nichts erzählt. Ich hätte nie geglaubt, dass sie ihren geheimen Wunsch wahr machen würde. Flo war allein gewesen mit ihrem Traum. Vielleicht war das der Grund dafür, dass sie manchmal so verschlossen war, wenig sprach, nicht lachte. Ich hatte sie gefragt: »Wieso siehst du manchmal so unglücklich aus? Dir fehlt doch nichts. Du hast doch alles, was du brauchst. Aber irgendetwas stimmt nicht.«

»Manchmal ist eben alles leer. Was man will, passt nicht zu dem, was ist, was man soll. Tragisch. Weißt du, was das bedeutet, Tragik?«

»Ja«, sagte ich, »ich habe es in deinem Lexikon nachgeschlagen: unverschuldetes Unglück.«

»Ja«, sagte sie. »Die Ungerechtigkeit des Lebens gegen den Menschen.«

»Ein Leid, das man nicht verdient hat.«

»So was wird dir auch noch passieren, und du wirst nichts dagegen tun können.«

»Aber es ist mir doch passiert. Meinem Vater ist es passiert.«

»Aber das wird dir immer wieder passieren. Und man

kann nichts dagegen tun. Man ist allein damit.« Und dann sagte sie: »Was weißt du schon von mir. Was weiß ich schon von dir.«

Das stimmt, dachte ich, was wissen wir schon voneinander.

Drei Monate später erschoss Marcel Tom und zwei seiner Kumpels vor meinen Augen. Als wir Karim aus der Scheiße rausholen wollten. Alles um mich herum war den Bach runtergegangen. Marcel saß im Gefängnis. Karim lag im Krankenhaus. Und Flo? Sie war auf dem Weg nach München. Mein Vater ist tot. Meine Mutter allein. In einem Land, in das wir irgendwie hineingeraten sind und nicht mehr rauskommen. Weder drinnen noch draußen. In das ich hineingeraten bin und zwischen den Räumen stehe. Auf der Schwelle. Alles im Arsch. Und ich konnte nichts dagegen tun. Tragik. Unverschuldetes Unglück, dachte ich.

5.10 Uhr. Glashaus. In der Nacht von Sonntag auf Montag. Ich rief Flo an, nachdem ich Karim mit den Pillen im Club erwischt hatte. Ich nahm das Telefon im Vorraum und rief sie an. Als sie sich meldete, bekam ich kein Wort raus. »Hallo?« Ihre Stimme klang verschlafen. Natürlich, es war fast 6 Uhr morgens. »Wer ist denn da?«, fragte sie müde. »Ich bin's.« »Alen, bist du das?« »Ja, ich bin's. Sag mal, kann ich nach der Arbeit zu dir kommen?« Sie antwortete nicht. »Flo? Bist du noch dran?« »Ja, ja. Nein, das ist schlecht. Ich muss früh raus, hab viel zu erledigen. Heut ist Montag. Komm am Abend. Das hatten wir doch vereinbart.«

»Aber, es wäre besser, wenn ich gleich kommen könnte …«

»Nein, Alen. Es geht nicht. Glaub mir.«

Ich hielt am Telefon inne, der Sound der Bässe drang durch mich hindurch, und ich spürte ein Beben in meinem Magen, ein Zucken. Doch ich blieb ruhig und versuchte, gleichmäßig zu atmen. »Gut«, sagte ich, »wir sehen uns heute Abend.«

17.35 Uhr. Kurz nachdem Marcel Amok gelaufen war. Ich rief Flo an und wollte zu ihr. Aber sie ging nicht ans Telefon. Ich versuchte es immer wieder, bis sie dran war. »Alen, was ist? Ich habe doch gesagt, dass es nicht geht. Wir sehen uns später, ja?« Ich konnte nichts sagen. Und dann legte sie auf. Es war vorbei. Bis hierhin, dachte ich. Nicht weiter. Ich saß auf einer Bank. Ich wusste nicht, wie lange ich gelaufen war. In welche Richtung. Toms Tattoo-Laden war weit weg. Ich weinte, so heftig, wie ich noch nie in meinem Leben geweint hatte, noch nicht einmal, als Papa starb. Hier ist das Ende, dachte ich.

4.55 Uhr. Montag auf Dienstag. Baumheide. In meinem Bett. Sechs Stunden zuvor war Flo in den Bus gestiegen.

An meine Kindheit kann ich mich nicht erinnern. Aber es gibt ein paar Fakten. Geboren bin ich hier, drei Jahre später ging es zurück in das Land, in dem meine Eltern geboren wurden, wiederum drei Jahre später kehrten meine Eltern mit mir hierher zurück. Mit sechs war ich wieder da, wo ich angefangen hatte. Ein paar Bilder gibt es aus dem Land, in dem meine Eltern geboren wurden.

Aber auch das war nur eine Zwischenstation, die Eltern meiner Eltern hatten in einem anderen Land gelebt. Ihre Vorfahren wiederum hatten den Kontinent durchquert auf der Suche nach einer neuen Heimat. In meinen Erinnerungen sehe ich mich oft auf ungeteerten Straßen, viele Kinder um mich herum, wir laufen, warum, weiß ich nicht mehr, Kinder eben, Kinder laufen immer, ein Lastwagen kommt, man springt auf, fährt mit, drei Meter weiter ist alles dunkel. Das sind meine Erinnerungen. Ich erinnere mich nicht an eine Sprache, an kein Essen, kein Getränk. Alles ist tonlos und geschmacklos. Und meine Ankunft hier im Winter mit sechs Jahren. Der härteste Winter, den dieses Land je hatte, damals ging der Schnee mir bis zum Hals. Kälte. An Kälte erinnere ich mich, so wie an die Hitze zuvor, sonst ist alles dunkel.

5.40 Uhr. Ich konnte nicht im Bett liegen bleiben. Ich stand auf, ging in die Küche, schaute aus dem Fenster auf die Straße. Ich sah die Bushaltestelle, von der ich früher jeden Morgen zur Schule gefahren bin. Und auf dem Heimweg, beim Umsteigen, Flo getroffen hatte.

Ich komme aus der Hölle ihr könnt mich nicht umbringen ich bin ein Zombie ihr motherfucker du bist das dümmste Arschloch der Welt du bist so dumm und unbegabt du bist ein nichts du hast etwas so Kostbares in die Hand bekommen und du hast es vermasselt ganz einfach vermasselt nachts liegst du so rum und fühlst dich einsam und dumm dir kommen die Tränen wenn du so über dein Leben nachdenkst du bist ein Waschlappen der nichts hinbekommt du beklagst dich bei der Welt warum hat man mich vergessen warum gibt es Milliardäre auf der Welt und ich bin keiner warum bist du nur so ein beschissener Bettnässer du bist der Betrachter deines Lebens andere leben und gestalten dein Leben andere bestimmen deine Träume du hast noch nicht mal einen eigenen Traum du bist ein Versager deine Träume sind die Realitäten der anderen du äffst in deinen Träumen die Realitäten der anderen nach du kleiner Regenwurm ohne Rückgrat du hast es nicht verdient unter dem Stein der Geschichte hervorzukriechen du hast nix du kannst nix was der Menschheit einen Traum hinzufügen könnte leg dich hin und schlaf weiter oder schau einfach fern bis in den Morgen. Punkt und aus.

Flo ist weg.

Fünf Monate zuvor. Im Oetkerpark. Ich wartete auf Flo. Ging in Gedanken Dinge durch, die ich liebte. Die Tage zwischen Weihnachten und Neujahr, wenn überall Schnee liegt. Eine Schüssel Hafermüsli am Abend, bevor ich mir an der Tür im Club die Nacht um die Ohren schlage. Die Zeit, wenn die ersten Gäste gehen und keine neuen mehr kommen. Im Sommer zu Fuß durch die Nacht gehen. Pommes bei Lambrine mit doppelt Mayo. »Der Bomber« mit Bud Spencer in der Hauptrolle. »Liebesgrüße aus Moskau« mit Sean Connery, der in Istanbul spielt, in dem meine Oma mit meinem Vater auf dem Arm in einer Massenszene vorbeihuscht. Silvester in Amsterdam. Nachts in Bielefeld mit dem Auto losfahren und morgens in Zandvoort am Meer frühstücken. Nachts auf dem Johannisberg in Bielefeld mit meinen beiden Kumpels auf einer

Motorhaube sitzen, auf die Stadt blicken und eine Tüte Chips essen und sich vorstellen, dass man an einem Hafen irgendwo im Süden sitzt. Immer und immer »The Chronic« von Dr. Dre. Immer und immer wieder die »Marshall Mathers« von Eminem. Immer und immer »Thriller« von Michael fucking Jackson. Der Song »Sorry Mama«.

Momente, in denen ich mich immer wieder in sie verliebte. Vor drei Monaten saßen wir auf einer Bank an der Sparrenburg und blickten auf die Stadt runter. Wir sprachen an diesem Tag wenig miteinander. Ich kann nichts vergessen, will nicht loslassen und sie gehen lassen. Wir saßen auf der Bank. Ich blickte auf die Stadt, und sie saß neben mir, schaute die ganze Zeit in die Luft. Wenn ich sie anblickte, reagierte sie nicht. Flo, wollte ich sagen, warum bist du so still, warum erzählst du mir nichts mehr? Erzähl mir doch wieder von den Dingen, die mir helfen, die Welt zu verstehen. Erzähl mir von der Bühne, der Schauspielerei, von der Kunst, die das Versteckte sichtbar macht. Nein, du bliebst stumm, und ich blickte auf die Stadt. Unnahbar. Kühl. Anziehend. Ich war so stolz, ihr Freund zu sein.

4.32 Uhr. 4.33 Uhr. Flo saß seit fünf Stunden in dem Bus nach München. Sie musste ungefähr zwischen Würzburg und Nürnberg sein. Gegen sieben würde sie am Bahnhof von München ankommen. Dann trinkt sie einen Kaffee, dachte ich, am Bahnhof, und sie wird ihre belegten Brote essen, dann wird sie eine Zeitung kaufen, ihren Stadtplan hervorholen und sich eine Wohnung suchen, sich eine

Liste machen, Besichtigungstermine vereinbaren, bis sie etwas findet. Und ich?

5.04 Uhr. Es ist ein Augenblick, der dir das Leben nimmt, und es ist ganz egal, ob wir beide dagegen sind, denn das Schicksal wartet auf den Tag, und der Abschied wird kommen, wie der Nagel in den Sarg geschlagen wird.

5.05 Uhr. Die Straßenlaterne leuchtete in mein Zimmer, und alles um mich herum schimmerte silbern. Dinge, die ich mit dir noch machen wollte, aber nicht geschafft habe. Nach Paris fahren. Dich küssen auf der Pont Neuf. Den Frühling im Rosengarten des Oekterparks genießen.

5.06 Uhr. Ich hörte den Atem meiner Mutter. Sie schlief tief und fest. Und ich bekam kein Auge zu.

5.10 Uhr. Manchmal, da will ich weit weg und nie mehr zu mir zurückkommen.

5.11 Uhr. Da will ich mich nie wieder sehen, nie mehr sprechen oder hören.

5.12 Uhr. Ich habe mich satt. Ich will, dass ich aufgebe und endgültig versage. Ich will absolute Leere.

5.13 Uhr. Kein Aufbäumen mehr, ein Kaputtgehen, ja, ein KAPUTTGEHEN.

5.14 Uhr. Für immer, sich nie mehr aufrichten können.

HÖRT MICH EINER DA DRAUSSEN? Wenn ich könnte, wie ich will, nur so WIE-ICH-ES-WILL, dann würde ich mir was antun, mich kaputtmachen, ja, für immer weggehen, ohne dass ich wiederkomme. AUS!

5.22 Uhr. Wann sich Flo in mich verliebt hat. Ich habe sie nicht gefragt und werde sie auch nicht mehr fragen.

5.55 Uhr. Genauigkeit ist Wahrheit.

5.56 Uhr. Etwas mehr als eine Stunde noch, und Flo ist am Ziel ihrer Träume angelangt. Und ich?

5.57 Uhr. Ich habe genug gebeichtet.

5.58 Uhr.

5.59 Uhr. Hoffentlich hat sie einen warmen Pullover eingepackt. Sie friert morgens immer. Ich habe noch nie erlebt, dass sie morgens nicht friert. Ich musste immer zuerst raus aus dem Bett und die Heizung anmachen …

6.00 Uhr. Mein Leben liegt wie ein in tausend Fetzen zerrissenes Bettlaken vor mir. Ich weiß nicht, welche Haut ich über mein zerstückeltes Leben spannen soll. Wie so viele andere, die ein Leben hier gelebt haben und leben, werde auch ich mein Leben hier leben. Ein Versuch, alles anzunehmen, was mich umgibt, um gänzlich in allem zu verschwinden und nie wieder aufzutauchen.

6.01 Uhr. Nur wer seine Vergangenheit kennt, kann seine Zukunft sehen. Ich stand in der Küche, ich ging in den Flur, zurück in mein Zimmer. Ich nahm mein Handy und öffnete das Fenster. Es dämmerte. Der Himmel färbte sich. Die Sonne zeigte sich ein wenig. Ich schaute auf mein Telefon. Dann nahm ich den Zettel aus meinem Portemonnaie. Ich faltete ihn auf und blickte auf die Zahlen. Ich tippte die Nummer meines Onkels. Es klingelte viermal, dann ging jemand ran und nannte sofort meinen Namen: Alen. »Ja, hier ist Alen.« »Bist du bereit?«, fragte er mich. »Ja«, sagte ich. »Komm in fünfzehn Minuten raus vor die Tür, nimm deinen Pass mit.« »Gut«, sagte ich, dann legte ich auf. Ich hörte meine Mutter tief und fest schlafen. Ich werde sie nicht wecken, dachte ich, sie wird es verstehen. Keine Fragen. Es ist Zeit für mich, Antworten zu suchen.

OUTRO

Als Karim aus dem Krankenhaus entlassen wird, ist er auf dem linken Ohr taub. Die Schläge auf seinen Kopf haben sein Trommelfell platzen lassen. Der Schaden ist irreparabel, sagen die Ärzte. Er beginnt eine Lehre als Hotelfachgehilfe im Oldentruper Hof, eine Fernfahrerabsteige an der B12, der Landstraße, die Bielefeld mit Lemgo verbindet. Er arbeitet dort gerne, am liebsten als Nachtportier, da er nachts eh nicht schlafen kann. Er zieht mit Ziska zusammen, sie macht eine Lehre als Friseurin. Sie will es auf jeden Fall durchziehen, sagt sie, obwohl ihr Chef ein Oberarsch ist, aber das sagt sie Karim nicht, damit er nie mehr in Schwierigkeiten kommt.

Marcel ist in U-Haft in Herford. Ich besuche ihn da einmal. Er erzählt, dass Mia ab und zu kommt. Sie bricht die Schule ab und arbeitet hinter der Bar im Glashaus. Mia wartet auf Marcel, sagt sie, obwohl Marcel das nicht will, aber das ist ihr egal. »Ich werde warten, und wenn ich mein Leben lang warten muss.« Der Prozess ist schnell vorüber. Das Urteil wird gesprochen: Marcel bekommt zehn Jahre. Nicht lebenslänglich. Er hat Glück. Normalerweise hätte er lebenslänglich mit anschließender Sicherheitsverwahrung bekommen. Wenn er aus dem Gefängnis rauskommt, ist er dreißig und Mia sechsundzwanzig. Die Polizei hatte die Waffen der anderen untersucht und festgestellt, dass auch auf uns gefeuert worden war. Wer den Schusswechsel eröffnet hatte, war für das Gericht nicht festzustellen. Möglicherweise war es also Notwehr. Das hatte Marcel geholfen. Ich ging leer aus. Karim und Marcel schwiegen. Mia hielt auch dicht. Andere Zeugen gab es nicht. Sie waren alle tot. Zu dem verschaffte mir meine Mutter ein Alibi, ohne dass ich sie danach gefragt hatte. Sie erzählte der Polizei, dass ich den ganzen Tag zu Hause gewesen wäre. Ich brauchte ihr nicht zu erzählen, dass ich nicht geschossen hatte. Sie wusste, dass ich es nicht getan hatte. Meine Mutter, von der ich dachte, dass sie das Leben nur an sich abperlen ließ, trat in dem Moment in Erscheinung, als ich sie brauchte. In diesem Moment wurde mir bewusst, wie ungerecht ich sie all die Zeit betrachtet hatte. Wie falsch das Bild war, das ich mir gemacht hatte. Aber nachdem sie das für mich getan hatte, verschwand sie wieder. Als würde sie mir nur helfen, wenn es ganz dunkel um mich wurde. Dann würde sie kommen und mich zurück ins Licht ziehen, dachte ich. Und zum ersten Mal in meinem Leben verspürte ich eine Sicherheit, eine wirkliche Sicherheit. Diese Sicherheit ließ mich meinen Job an der Tür kündigen. Ich wollte nicht mehr.

Für mich war dieses Kapitel beendet.

Wenn Marcel aus dem Gefängnis kommt, wollen Mia und Marcel ein neues Leben beginnen in Baumheide. Bis dahin wollen sie zusammen durchhalten. Mia ist eine starke Frau, sie will Marcel heiraten. Bis dahin legt sie jeden Pfennig, den sie verdient, beiseite. Vor allem will sie Marcel treu bleiben. Keine anderen Männer. An Mia war noch kein einziger Mann dran. Sie spart sich für Marcel auf. Es weiß auch niemand, dass Marcel in seinem Leben noch keine einzige Freundin hatte. Noch nicht einmal rumgemacht hat er mit einem anderen Mädchen. Mit dem Geld, das sie spart, will sie einen Gemüseladen oder einen Kiosk aufmachen, den sie dann zusammen mit Marcel führen kann. Obwohl alles voll im Arsch ist, wacht sie jeden Morgen mit Glücksgefühlen auf, mit einem Brennen unter ihrem Zwerchfell. Davon erzählt sie Marcel, wenn sie ihn in der JVA Herford besucht. Ich besuche Marcel nur ein einziges Mal. Nicht, weil ich es nicht will, nein, sondern weil Marcel es nicht will. Marcel hat es auch seiner Familie verboten, niemand darf ihn besuchen, seine Mutter nicht, sein Bruder nicht und sein Vater nicht. Nur Mia darf kommen, so oft sie will. Auch Marcel hatte sich in Mia verliebt, auf seine Art, und ich war dabei, als es passierte. Ich war dabei, als sich die beiden in jener Nacht an der Tür, als sie sich über Tätowierungen unterhielten, ineinander verliebten. Sich unter die Haut gingen.

Und Flo? Seit sie an dem Montagabend in den Bus gestiegen ist, habe ich sie nicht mehr gesehen. Nach zwei Tagen in München hatte sie eine Wohnung gefunden und kam noch mal kurz zurück. Sie hatte gehört, was passiert war, und versuchte ein paarmal, mich anzurufen, aber ich ging nicht ran. Dann zog sie endgültig nach München um. Sie verbringt den Sommer dort und lebt sich ein. Das geht alles sehr schnell. Ein paarmal hatte ich das Telefon in der Hand, um sie anzurufen, aber ich habe es nicht gemacht. Warum, weiß ich nicht.

Flo schreibt mir aus München. Ich öffne keinen einzigen ihrer Briefe. Ich bewahre sie alle auf, sie liegen in meinem Zimmer auf der Fensterbank. Ich weiß nicht, was drinsteht. Aber für jeden Brief, den ich bekomme, schreibe ich einen Brief an sie, den ich nicht abschicke. Irgendwann werde ich sie besuchen, dann werde ich meine Briefe mitnehmen. Ich werde einfach vor ihrer Tür stehen und fragen, wie es ihr geht, ob sie Zeit hat, jetzt, ob sie Lust auf ein Eis hat, von mir aus auch Joghurt-Eis, nur, wenn sie gerade nichts zu tun hat, da ich sie nicht stören will. Ich werde sie fragen, ob man sich mal was von ihr anschauen kann, im Theater oder so. Dann werde ich ihr meine Briefe geben, und ich werde ihre Briefe lesen. Sie wird sich freuen und meine Briefe lesen, dann wird alles wieder so wie früher, sie wird sich bestimmt freuen, es wird alles gut ... Seitdem sie endgültig weg ist, ist sie nicht ein Mal wieder in Bielefeld gewesen. Sie hat mit allem gebrochen. Nicht verletzen – töten und nichts zurücklassen. Keine Überlebenden. Das muss man, wenn man gehen will. Kurz und schmerzlos. Nicht zurückschauen. Niemand kommt zurück, der von hier weggeht. Niemand kommt zurück, der es geschafft hat. Die Briefe werde ich lesen, auch schreiben werde ich ihr, abschicken werde ich sie auch, bestimmt, irgendwann, aber nicht jetzt.

Ich habe eine Reise gemacht. Eine Reise zurück. Und irgendwann werde ich eine Reise nach vorne machen, zu ihr.

Hier ein Gedicht aus dem Gefängnis, das mir Marcel geschrieben hat:

BAUMHEIDE

ICH HASSE DIESEN ORT UND DIE WÄNDE SIND KAHL
VOM GEWICHTHEBEN HABE ICH LANGSAM
  HÄNDE AUS STAHL
DENKE NICHT NACH WARUM ICH MICH
  IN DEN ABGRUND REITE
WUT TREIBT NACH VORNE
HINTEN LIEGEN VERBRANNTE TRÄUME

DENN KEINER WEISS:

HIER IST DAS LEBEN UNGENIESSBAR
WIR TEILEN DIE MATRATZE MIT DEM UNGEZIEFER
WIR TAUSCHEN BROT GEGEN TABAK GEGEN KIPPEN
UND SUCHEN NACHTS DIE TOTEN ELTERN IM KISSEN

WIR SIND DIE KINDER
    MIT DEN GOLDENEN ZAHNSTOCHERN
WIR SCHAUFELN HIER EUER GRAB
    IHR MOTHERFUCKERS
WIR SEHEN JEDEN TAG DASS DER ASPHALT BRENNT
WIR SIND DIE KINDER DIE MAN IM KNAST ERKENNT

WIR SIND ABSCHAUM UND NICHTS WERT
WIR SIND NUR TROPFEN AUF HEISSE STEINE
WENN WIR HOCH IN DEN HIMMEL BETEN
REGNEN FÜR UNS NUR PFLASTERSTEINE

Dann noch folgende persönliche Zeilen ...

... Lass dich nicht unterkriegen.
Du bist, glaube ich, der einzige von uns,
der wirklich was erreichen könnte.
Stay true & hard & God will burn your enemies!
Marcel